SV

Adolf Endler

Der Pudding der Apokalypse

Gedichte 1963-1998

Suhrkamp Verlag

Erste Auflage 1999

Satz: Hümmer GmbH, Waldbüttelbrunn
Druck: Nomos Verlagsgesellschaft, Baden-Baden
Printed in Germany
1 2 3 4 5 6 – 04 03 02 01 00 99

I
Dies Sirren

Die Brennessel

Auf meinem Tisch liegt eine Brennessel bereit
So daß die Zähnchen meine Hand verbrennen können
Die schreibt O öde Zeit der mangelnden Gelegenheit
Erfreut beim Dichten sich die Finger zu verbrennen

Prognostische Selbstverpflichtung

Als gewisse Kollegen
von seinen Versen abrieten

Da ich, der längst nicht mehr Sätze wie Äxte schleift, in geregelter Zeit
Gleichmütig zurückschau auf meine erregte Saison der Beredsamkeit:
Mein frühes Gedicht, wie sprichts mir mit unverständlichem Vokabular.
Ich blicke mit fischernem Auge auf das Pamphlet, das ich rotglühend war,
Die Verse, in denen ich klagte, mir längst nicht verwandte mehr, fremd:
Sie fuhren nicht Kabriolett, warn selten rasiert, kein seidenes Hemd.
Ach, wie unser Hausobmann lebe ich heute: Repräsentant, etwas müd.
Der Beifall der Kunstämter und der Steuerbehörde hebt raschelnd mein
Lied.
Die Wut, die das Hemd sich zerreißt! Wann war es, verlorener
Kleinbürgersohn?
Jetzt auf Empfehlungslisten, ihr Büchereien, als Mensch, Künstler, Telefon!
Jetzt auf Empfehlungslisten, zufrieden, gepanzert sind Hemdbrust und
Haus!
Raunt draußen das Unglück wie früher noch, eiferts? Mein Hündchen
bellt: Raus!!!
(Nicht seit zwei Planjahrfünften – gelt, Bello? – den Herzschlag der
Menschen verhört!)
Ich schwöre: Mein Herzschlag geht ruhig. Ich garantiere: Empfehlenswert.

Das Sandkorn

Hab einst (so hat der Knabe der Welt sich annonciert)
Auf blecherner Kindertrommel die Schlegel wild gerührt;
Jetzt melde ich das Sandkorn, das auf dem Blech sich dreht,
Es summt, es sirrt, es kreiselt, von Böen draufgeweht,
Übt tolle Kreiseltänze auf blechernem Trommelfell,
Grashüpferzirpen, nenn es ein Grillengrasgebell.
Mit losem Rost begattet auf dreißigjährigem Blech
Im Wind dreht sich ein Sandkorn –
                Es quält mich, bis ich sprech:
Ich bin das Sandkorn, Bruder, zu dir auf Wanderschaft
Rund um den ganzen Erdball und nicht die kleinste Kraft!
Schon spürst du sie und kicherst, und deine Stirnhaut zuckt.
Schon hast du mich, das Sandkorn, du hast mich eingeschluckt.
Der spitze Schmerz am Gaumen! Schon wandr ich auch durch dich.
Ich! ruf ich schrill und kitzle und kratz dich: Ich, Ich, Ich!
Ich bin das Sandkorn, Bruder, und wandre leberwärts,
Rühr Kehlkopf an und Lunge, streif listig dann dein Herz.
Erschrick!: Das ist das Sterben! Zum Herzen fährt die Hand:
Der Tod! Schwarz schreit dein Auge. Ich bin das Korn aus Sand.
Und alle deine Tage, verdorbne, falln dir ein:
Seit zwanzig, dreißig Jahren nichts als Verräterein!
Dein Kinn, o Imperator, Kleinbürger, fällt zur Brust.
Ich bin sadistisch, Bruder, und quäle dich mit Lust.
Oft wuschest du das Auto, oft auch den Rassehund,
Gefühl, Gedanke fleckig, Haushaltsauflösungsschund.
»Stets war ich sehr geachtet in meiner Redaktion!«
Du trumpfest auf, du kuschtest, stieg nur der Monatslohn,
So käuflich wie der andre, bei dem ich gestern war
(Nur wegen einer Wohnung stand der am Traualtar),
So herzlos wie die Kuppler, die Herrn vom Wohnungsamt
(Auch sie auf meiner Route und bald schon angstentflammt),

Wie jener Hauswart Künzel, der dünkt sich allzu schlau
(Er weiß, was sie zum Gas trieb, die alte Lehrersfrau),
Ministerien, Magistrate, Theaterintendanz –
Ich find durch jede Türe, auch eiserne, ich kanns!,
Besuch die Biedermänner, dern Herz mit Stahl geschient,
Die hätten auch dem Hitler wie Barzelstrauß gedient.
Die Telefone horchen nach hier und dort hinaus
Und schnüffeln wie Jägerhunde gute Beziehungen aus.
Ihr Plan heißt heut wie gestern: »Das beste Stück für mich!«,
Den Mächtigern zu Diensten, seis gut, seis jämmerlich.
O Geltungsgier, verfluchte, o Gier, die ich erschreck
Und niederstürzen lasse und heulen: »Ich bin Dreck!«
In keiner Kaderakte erfaßte Lumperei,
Hoch angesehne Bürger bei Staat und Polizei,
Jetzt keuchen sie und brüllen, ich sitz auf ihrer Stirn,
Das Sandkorn (siehe oben) mein Tanzplatz: Ihr Gehirn.
Verleumdung nicht noch Knüttel, kein Trick, der mich vertreibt,
Das hinter ihre Stirnen seltsame Zeichen schreibt,
Die dann die Lippen stammelnd sich vorzulesen müht,
Gesicht, das jäh Zinnoberrot, dann Zinkgelb überzieht:
Witz kritzelt glitzernd spritzend, Schmerz schlitzt dich auf, ein Blitz,
Gekicher, »O Erbarmen!«, ringsum vieltausendspitz –
Etage um Etage durchwandre ich den Staat;
Dich trifft es heut, wen morgen, mein leises Attentat?
Schon wirkt es: Karrieristen verliern die Sicherheit.
(Das Sandkorn wandert, wandert). *Es endet ihre Zeit,*
Verhöhnt von stetem Flüstern: Zerdrücke mich, zerdrück!
Ja, ich zerfall! In dreißig, in hundert, in tausend Stück.
Ja, schüttle dich und trinke dreitausend Liter Bier.
Ich bin das Sandkorn, Bruder, du heute mein Revier,
Ja, spreize deine Hände –
Gottlob, sein letztes Wort! –
Auf blecherner Kindertrommel liegt Rost, ich feg ihn fort.
Mein Ohr umsummt ein Sandkorn, so müde wie der Wind,

Der Wind wird mild, das Sandkorn   summt lieblich wie ein Kind.
O wunderbare Flaute!   Gabs je ein Sandkorn auf
Der alten Kindertrommel?   Rast' es in wildem Lauf
Wie spitzer Dorn, wie eine   Nähnadel drauf herum?
Ich sprech: Ich bin die Stille.   Ich sprachs. Jetzt bin ich stumm.

Dies Sirren

Und wieder dies Sirren am Abend. Es gilt ihnen scheint es für Singen
Ich boxe den Fensterladen auf und rufe He laßt mich nicht raten
Ihr seid es Liliputaner das greise Zwergenpaar van der Klompen
Cui bono ihr lieben Alterchen mit der Zirpstimm im Dunkel cui bono

Der Geräuschemacher

Für W. B.

Als ich im Keller Holz schlug, plötzlich war es da:
Die Stimme, weit entfernt, das angestrengte Pochen.
Ich warf den Hackklotz um und fragte mutig: »Ja?
Wer ist da unten? Antwort! Hat da wer gesprochen?«
Es gluckerte wie Wasserblasen an mein Ohr,
In mürber Kellerwand begann ein Herz zu schlagen,
Dann sprach die Stimme durch das dicke Wasserrohr
(So tönt ein Leierkasten voll zerquetschter Klagen):
»Ich wohne, lieber Herr, dicht überm U-Bahnschacht
Dicht unterm Haus, ich bins, ich mache die Geräusche,
Die durch die Wände wandern, aber nur bei Nacht,
Hier unten gargekocht und hochgepreßt durch Schläuche.
Ich laß die Steine schrumpfen, schwellen, langsam, schnell,
Hei, dann der große Knall, wenn sich die Schläfer strecken,
Die, schweißbedeckt und weiß, erwachen mit Gebell
Auf sinkendem Schiff: Verrutschte Zimmerdecken...«
So sprach die Gasuhr? Oder sprach das Wasserrohr?
Vielleicht, die Worte quollen unter meinen Füßen?
Der Hund, auf allen Seiten stellte er sich vor,
Der jede Nacht uns quält mit harschen oder süßen
Geräuschen (Sandkorn, trippelnd, Holz, das kreischt und lacht),
Wie Flut und Ebbe sie, in kleinen, großen Wellen,
Da war er, der die nächtlichen Geräusche macht:
»Ich laß das Haus zuzeiten in die Lüfte schnellen,
Ich habe eine Pumpe, prächtiges Gerät!,
Drehscheibe hab ich auch, ich dreh das Haus, ich fleder
Es jäh nach links und rechts (ihr spürt es, wie sichs dreht),
Ich könnts zusammenklappen, freilich, das kann jeder,
Und deshalb bleibt es stehn...«
Ich dankte ihm geschwind

Und gratulierte ihm zu seinem schönen Posten:
»Sie sitzen gut! Bald wie im Mutterleib das Kind!«
»Nur nicht so warm!« Er schries: »Auch fang ich an zu rosten
In diesem Rattenloch! Mein Herr! Ich bin verdammt!«
Verstummte das Gewölbe, das Gewirr aus Rohren?
»Von wem?« Ich ahnte es. Er schrie: »...............« (1)
Dem Leprakranken gleich, ja, dieser war verloren.
Und, stolpernd über Kohlen, lief ich durch die Gänge
Hinaus ins Mittagslicht des Hinterhofs hinauf.
Grell klapperte am Dach ein loses Blechgestänge.
Ich hob die Augen. Doch jetzt stand es stumm, das Haus.

P. S. Mutige ergänzen: »Vom Wohnungsamt«

Ja geh Ich hol mir mit dem Straßenpumpenschwengel
Zum Trost die Stimmen jener zweiten Stadt nach oben
Der Rattennacht *Ja geh mein ausgedienter Engel*
Nicht Dich die Stadt der Ratten will ich künftig loben
Einwohner zählt sie hundertmalachthundertausend
Und tolle Tage immer und Massaker toben
Durch Katakombe und Kanal Kloake brausend
Der riesigen Rattenheere Hin- und Hergefetze
Gleich Bombensplittern Glut und Wut und Blut zerzausend
Der Ratten Krieg um Zuzug Schlupfloch Fraß und Metze
Ich lausch entzückt dem GOAL wenn sie gut zugebissen
Wie fern *ja geh* die Welt der Alexanderplätze
Mich laß die Rattenschnauze die hier meine hissen

Absage

Rosa und Beige kommen wieder in Mode?
Wie ich Euch hasse mit Hirn und mit Hode!

Abenteuerbuch

Grün, wie ich dich liebe, Grün.
(F. G. Lorca)

Die einsame Spur in der endlos grünen Savanne
Das Grün auf das wir dann endlich wie wahnsinnig schossen
Im Herzen der grünen Hölle die Lastwagenpanne
Der Pfefferminzlikör als Letztes runtergegossen
Das seltsame Grün von dem Konsul Meyer berichtet
Das Diamantengrün das Graugrün des Elefanten
Der grüne Mantel auf dem Amazonas gesichtet
Ein alter Lodenmantel wie wir deutlich erkannten
Die schwarze Mamba die grün aus dem Grünen herzüngelt
Das Gelbgrün des Boys von der Schwarzen Mamba gebissen
Lianengrün das sich um die Totenstadt ringelt
Das grüne Tropenhemd rot von Kakteen zerrissen
Ein grünes Klaviertuch drei Schädel die Silbermine
Der Grünspan an alten Löffeln und alten Gefäßen
Die grün überwucherte rostige Eisenbahnschiene
Spinat ach mit Spiegelei den wir gerne jetzt äßen
Das grüne Etwas das zuweilen ums Lager huschte
Im grünen Rucksack das Bändchen der Klopstockschen Oden
Der Koch der Gottweißwas ins elende Grünzeug pfuschte
Ein Mantel auf dem Amazonas aus grünem Loden

Belehrung

»Wenn wir über die Wiese gehn,
Ist manchmal ein Vogel da,
So einen hast du schon öfter gesehn –
Was macht das Vögelchen?«

»Krah!«

»Der ist aus Afrika!«

Die Versuchung

Bei seinen Mühen zur Zurückerlangung
der verlorenen Aufenthaltspapiere für Berlin

Hier ist die Stelle: In den Rieselfeldern.
Das Autowrack, hier parkts: Im Rieselfeld,
Bewacht von Hollerbüschen, ausgefransten Wäldern,
Hier wars, hier ist es, wo die Stimme bellt:
»Ach, wieder da...?« Im rostgen Autorahmen,
Der Kuhle eingeduckt, im Autowrack,
In feuchten Polsterresten quellen Unkrautsamen,
Aufschwillt der Kerl voll Rost, geplatztem Lack:
»Hast du genug? Komm, setzt dich mir zur Linken!
Du gibst es auf, du bist erledigt, was?
Ich lad dich herzlichst ein!« Er fängt mich mit zwei Winken.
»Wir fahrn ins Weite«, prahlt er, »ohne Paß!
Kein Zöllner an den Grenzen der Begriffe
Von Raum und Zeit!« Mit aufgerissnem Schuh
Tritt er das Gaspedal. Mir ist, als ob er pfiffe.
Ein Sieger? Über mich? Er lacht mir zu:
»Zeig sorglos deinen Ausweis vor den rüden
Sturmböen, plötzlichen, sie blättern drin,
Entreißen ihn der Hand und wirbeln ihn nach Süden
Und geben: Freie Fahrt!«
                                        Ich frag: »Wohin?«
– »Wir Namenlosen fahrn, und ohne Nummer
Fährt auch das Autowrack, sonst klappt es nicht,
Weit fort vom Druck der Ämter wie vom Liebeskummer
In einem Wagen, Freund, der niemals bricht,
Zu Ländern namenlos wir Namenlosen,
Wir steuern listenreich: Von allen fort,
Ob sie dich quälen wollen oder falsch liebkosen...
Ei, sag es schon, das streng verbotne Wort!«

– Soll ich es sagen? Jesus, sei nicht böse!
Sag ich es? Vater unser, ach, verzeih,
Wenn ich die alten Pakte heute löse!
Sag ichs? Und schon vernehm ich meinen Schrei:
»Ja!... Jajaja, ich will nicht länger bleiben...
Du hast gewonnen. Ja, ich fahr mit dir...
O Auto ohne Räder, Wischer ohne Scheiben...
Denn du verlangst kein Aufenthaltspapier...«
So spricht man nur zum Tod, der kann nicht schaden.
Vertraut er mir, als wäre ich der Tod:
»Nicht krummen Weg wie dort, hier fahren wir den graden:
Im Rieselfeld, Urin der Stadt und Kot!
Mit Maden wir, in Sesseln grün vom Schimmel,
Vergißt du rasch das Bürokraten-Nein.
Ach, schneller als der Düsenclipper unterm Himmel
Holn wir die Stürme wie die Steine ein...«
– Ein Wolkenknäul, von Blitz und Blitz durchschossen,
Ein Regen plötzlich schwefelgelber Art;
Vom Magistrat (gez. Finck) verkannt und ausgeschlossen,
Ich wink Adieu – im Autowrack auf Fahrt.

Grenadierstraße

Ratzen unter der sorgsam planierten Erde
Spatzen im Vogelbeerbaum und Katzen im Bett
Lang o wie lang hängt der Ratzenschwanz das so
Ungewöhnliche Lesezeichen Von meinem Bücherbrett hängts

Immerzu durch die Wohnung von Zimmer zu Zimmer
Spatzengeschrei da die alte Katze zart zuschlägt
Nicht mehr verlaß ich das Bett meine graue Kuhle
In meiner Kniekehle jammert das nasse das Jung-Katzen-Nest
Nicht verlaß ich das Bett mehr die graue Kuhle
Der Kater auf meiner Brust o er kratzt mir das Ohr auf

Spatzen im Vogelbeerbaum und Ratzen unter der Erde
Die Katzenmutter leckt den Jungen die geschlossenen
Augen und bald sie werden die Welt sehn die Welt sehn

Unter meiner Zunge aufjammert das Jung-Katzen-Nest

Wohnungsübernahme

Als die Greisin weinte weil sie nun doch noch ins Heim kam
Fühlte ich mich als der neue Mieter einfach dazu verpflichtet
Wie einen Schlagring den Schlüssel zwischen Finger und Ballen gepreßt
Hab ich für sie und den Kater habe ICH dann das Taxi bezahlt

Früher die Straße der Juden

Ah da kommt er ja wieder wir sehen es durch die gardinchen von ziegels kneipe in einer halben stunde wird er hier drin sein taubendreck auf der schulter zerschlissenen zweireihers steigt aus dem schmutzloch im löchrigen vierten stock // Mensch wenn doch ein dachdecker einmal käme und flickte das dach oder wenigstens provisorisch // Steigt hernieder *einen doppelten magenbitter oui eskalony* in einer wolke die stinkt nach kot und urin kreibich der halb oder vierteljude *kannste die uhr nach stelln jetzt is et um viere* kalk an den schuhn der dreiachteljude der niedersteigt hustend zu knallbeerenbusch und alter schönhauser *wie spät denn jenau nun* volksbühne luxemburgplatz drei alte weinflaschen aus der mülltonne schlägt er beim grienenden altwarenhändler los die karlliebknechtstraße die schendelgasse die bank in den grünanlagen *oder is et schon später* und pißt in den knallbeerenbusch daß es rauscht // Genau so tat es dachdecker peschel ewig schade um diesen mann der die dächer uns deckte mit den schönen geklauten ziegeln *darihber kommt anna nie weck* // Und genau siebenunddreißig schritte bis zur doppelstufe von ziegels eckkneipe möchte ich wetten sechs weitere bis zum stammplatz unter dem messingschild STAMMPLATZ *na immer der alte noch kreibich noch immer putzmunter* und ungefähr sieben stunden und etwas dann noch bis bademeisters paula ein belletrist ein billiger jakob die polizeinummer wählen wegen des unerträglichen lärms auf der grenadier auf der almstadtstraße *einen doppelten magenbitter noch oui eskalony* nachts um halb eins zwischen essig und margarinefabrik trümmerecke parteihaus kreibichs weibisches brüllen *neevolljudebinichnichtvolljudenicht*

und das bis des nachts um halb zwei
und splitternd sein heller weibischer schrei
nach der antwort *nee volljude nicht du hast ja noch nicht
maln ei*
und aus der münzstraße kommt schon eilends die polizei
kommen mit knallenden schritten zwei volkspolizisten
herbei

streng kommt der schmale knabe pistole blaß uniform *bitte den ausweis den behalte ich folgen sie bitte* // Es ist eine schande daß kein dachdecker kommt oder einer der nicht vom dach fällt weißt du denn wißt ihr denn keinen // Abgeführt wird der taubendreck zum alex der kalk ja was soll man denn machen und ziegel der kneipenwirt bellt den mond an *der hat das delirium tremens* irgendwas weint oder einer oder irgendwas weint und ziegel erklärt den fensterreihen und sternen *fritze kreibich den haben sie unter adolf kastriert* // Wenn doch der dachdecker endlich käme oder mindestens otto ferber aus pankow // Und kreibich wird immer noch abgeführt ja was kann man denn machen *schnell gib mir den waldmeistersaft* ich schlucke beruhigungspillen meine gattin spricht eh sie einschläft *der müßte schon längst in die anstalt* // Und Dachdecker Peschel ist tot und wird auch nie wieder lebendig da kannst du dich auf den kopf stelln

Ballade vom Zionskirchplatz

Vier Freunde waren wir, wir waren Freunde, vier,
Am Zionskirchplatz im Gesträuch im Nieselregen,
Daß keiner, was auch kommt, den andern je verlier,
Acht Hände, die sich aufeinanderlegen –

Der Platz ein Rosenbeet! Zwei Freunde sind dahin.
Heinz, wie verschwand er durch die Stacheldrahtverhaue?
Die gut geseifte Schlinge unterm Doppelkinn
Starb Herbert, und er schien uns stets der Laue.

Vier Freunde waren wir, wir waren Freunde, vier,
Und immer grübelnd wir und lärmende Gemeinde!
Steif sitzen zwei Genossen nah der Kneipentür,
Stumm, steif, nervös – zwei Freunde oder Feinde?

Sensible Armee

E bündelt die Verse zu einer Armee
E führt sie rasch fort durch den Klee in den See
Dies Heer hob er einzig für Rückzüge aus
Beim Vormarsch würds schamvoll erröten

Der Unbequeme

Daß man ihn endlich aus dem Land rausschlage
Auf jede Antwort weiß das Schwein die Frage

Die Foltermaske

Für N., nach dem Besuch
eines Geschichtsmuseums

Gesicht, von Gluten aufgerissen und zersägt
(Leer deines, spurenlos!), die Zang zog aus dem Feuer
Das Ding, mit dem man solche Teufelsfratze prägt
(Glatt dein Gesicht und leer!), ein grinsend Ungeheuer;
Ihm würde ich vertrauen (Dir nach Jahren nicht),
Dem uns zur Warnung Schinder mit der plumpen Zange
Die glühnde Maske zogen über das Gesicht,
Gebrandmarkt so, daß es fürs ganze Leben lange,
Gebrandmarkt lebenslang, die Stirne schwarz geeicht,
Die Augenhöhle wie die Lippe roh zerschlissen,
Ihm würde ich vertrauen! Ja, das kannst du wissen,
Der zäh Vertraun! Vertraun! Vertraun! mein Haus umschleicht:
Nicht jene Maske taugt, kein Tag auf Foltertischen,
Kein Brand, ein Antlitz so wie deins, so wegzuwischen.

Lied vom Jahre Siebenunddreißig

Eh uns die Dämmerung überfiel,
So leise kommt sie, so leise,
Nannten wir beide das gleiche Ziel,
Und so gingen wir auf die Reise.

Man schätzte uns als tolles Gespann:
»... und sie essen vom selben Teller!«
Ich vor deinen Stiefeln im Dunkeln dann,
Ein Schrei auf dem Weg in die Keller.

Als uns die Dämmerung überfiel,
So leise und schwerlich zu hindern,
Waren wir beide am gleichen Ziel,
Du *über*, ich *unter* den Schindern.

Nach Leonid Martynow

Sehr plötzlich
War es geschehen
Etwas Strauchelndes undeutlich wo
Hochfliegend wars schlug hin
Als wär ihm zu fliegen verboten
Und ihr lieft auseinander
Wie Kreise im Teich auseinander
Von solch einem Stein den wer warf
Oder
Versenkt einem Toten

Santiago

Sie mußten sich auf den Boden
    des Stadions legen
Arbeiter
Schubkarrn mit Steinen gefüllte
Rollte man über sie weg
Proletarier
Um ihnen das Rückgrat zu brechen
Über sie weg

Ich hefte den Durchschlag dieser Notiz
    in all meine Mappen
Bei jeder Arbeit muß ich sie
    wiederfinden

Sie mußten sich auf den Boden
    des Stadions legen
Arbeiter
Schubkarrn mit Steinen gefüllte
Rollte man sie über sie weg
Proletarier
Um ihnen das Rückgrat zu brechen
Über sie weg

(September 1973)

Die Nacht der Lauben

Die Nacht der Lauben hinterm Abfallwald,
Wenn Herbstes Winde Müll und Asche kauen,
Die schwülen Sommerwinde, winters kalt,
Die Lauben, wenn die Frühlingsstürme hauen:

Schnellbootflottille stechen sie in See,
Knallnd Wellblechdächer rostender Kastelle
– Ah, manchmal säuft eins ab in Matsch und Schnee –,
Die Lauben, steigend auf der Bodenwelle.

Wohin, ihr Schiffe? (»In den Arsch der Welt!«)
O bröckelnde Armada Bretterlauben,
Die vorne wächst und hinten zäh zerfällt,
Da Wogen drüberhin, die Wolken schnauben:

> Bombergeschwader sinds, die mir erscheinen
> Wann öffnet sich der dunkle Bombenschacht?
> Die Kommodores heben ihren kleinen
> Ringfinger – und in Brand steht meine Nacht!

Die obstweintrunknen Alten, tags viel Zank,
Zum Käpten werden sie und Erwin Rommel,
Und ihre Laube kriecht als Tiger-Tank,
Und zynisch ziehn sie am Zigarrenstummel.

O Sturmes ungeheures Zauberwort:
Als Unterseeboot wandelt die Parzelle.
Sie haben Richthofen und Prien an Bord.
Sie kommen niemals, niemals von der Stelle.

Sie kommen auf mich zu, vom Himmel her,
In mehreren Angriffswellen, ja, die Lauben

– Warn sie nicht grad noch Boote unterm Meer? –,
Und Laub um Laube, ganze Laubentrauben.

Bombergeschwader sinds, die mir erscheinen.
Wann öffnet sich der dunkle Bombenschacht?
Die Kommodores heben ihren kleinen
Ringfinger – und in Brand steht meine Nacht!

Drei Bretter nagle ich vor meine Tür,
Sobald es graut, und zurr sie fest mit Schrauben!
Wohin? Egal! Ich laß sie hinter mir,
Den Abfallwald, die Kolonie der Lauben,

Kleingärtner, kahl, zum Schwatz geneigte, dreist,
Die bösen Knurrigen auch, die keinen grüßen,
Voll Angst, daß man ihr Läubchen niederreißt,
Die stets Geduckten, ewig Zuckersüßen,

Die Nacht der Lauben hinterm Abfallwald,
Wenn Herbstes Winde Müll und Asche kauen,
Die schwülen Sommerwinde, winters kalt,
Die Lauben, wenn die Frühlingsstürme hauen:

Bombergeschwader sinds, die mir erscheinen.
Wann öffnet sich der dunkle Bombenschacht?
Die Kommodores heben ihren kleinen
Ringfinger – und in Brand steht meine Nacht!

Antäus oder
Der vergessene Notenständer im Park

Der Notenständer leer, das Schmetterlingsgerippe,
Wann wieder zucken seine schwarzpunktierten Flügel?
Es saugt sein dünnes Bein aus Sand und schüttern Gräsern
Note um Note, Ton um Ton ein neues Blaskonzert.

Läusesuchen

Ich streck die Zunge meine Finger anzufeuchten.
Du setzt dich unter hellste Lampen, senkst den Kopf.
Ich faß die güldne Spange, zieh sie aus dem Zopf.
Das Licht entrollt dein Haar und läßt es brandrot leuchten.

Ich such nach deinen Läusen, streichelnd deine Wange,
Im schmalen Strich des Scheitels hinterm Muschelohr,
Ich fang, zerknack sie, wink sie scharenweis hervor
Mit feuchten Fingernägeln; zwei sind eine Zange.

Wie schön, wie herzschlagstockend schön: Nach Läusen suchen!
Du zeigst den heiligen Hals, als würdest du gehenkt.
Du wirst begnadigt. Ich, der Henker, abgelenkt,
Fang deine Läuse wie Rosinen aus dem Kuchen.

Ich zähle dreizehn, zweiundzwanzig, fünfunddreißig,
Und du zählst hitzig mit und fragst: Schon wieder drei?
Ich zähl die Laus, das Läusekind, das Läuseei.
Die schlimme Zählwut macht mich grausamer und fleißig.

Ich such nach deinen Läusen, ach, wo ist die eine,
Die letzte listigste der großen Läusebrut?
Dein rotes Haar erglänzt wie viele Tropfen Blut.
Ja, deine Läuse fing ich dir. Jetzt fängst du meine.

Lied des Kompaniekochgehülfen

Die Kartoffel gröblich gehäutet und mir ohne Gruß überreicht
Ich steche der letzten Kartoffel von heute die seltsamen Augen aus
Ich drehe mein Messer mein Messer mein Messer in weißestem Fleisch
Ich stieß es in zweitausenddreihundertsiebenundfünfzig Kartoffeln

Ich bin der namenlose Gehülfe des Kompaniekochs Karl Schmitt
Der uns zur Eile antreibt und den Speck schneidet während der Schlacht
Ich stoße mein Messer in die Kartoffel ich wisch es am Steppengras rein
Der andre Gehülfe hackt Petersilie klein und die Möhren

Ich stach über zweitausend namenlosen Kartoffeln die Augen aus
In meine Augen spritzte der grüne gemeine Kartoffelsaft
Ein flüchtiges Denkmal der unbekannten Kartoffel dünkt mich
Der seltsame Wasserdampf aus des Koches brodelndem Kessel

Aus dem Stückentwurf »Schlachtfest«

Soldaten / Kinder / Lied

Der Wunsch des Kindes
Ich muß nicht zur Schule
Der Wunsch des Soldaten
Ich muß nicht nur Front

Himbeereis will ich haben
Der Soldat sagts das Kind
Und hinterher Kino
Sagt das Kind der Soldat

Aus dem Stückentwurf »Schlachtfest«

Die Übung

Da gehn Gesichter unter strudelndem Glas
Der Leichen Haar wuchs aus zu Wirbeln Rispengras
Die Wasser haben sich geöffnet und geschlossen
Doch eh er auf den Kieseln weggeflossen
Im Strudel manchmal hat ein Kopf gewagt
Sich schwach zu heben Das ist untersagt
NACHRICHTENSPERRE Etwas Gischt für mich für jeden
Die Offiziere aber reden reden reden
Gleich nach der Trauerfeier schwirren sie nervös
Ins Haus sie picken kitzeln schlagen bös
Die Generalstabskarten hier und da mit Stiften
Da zwölf Gefreite nickend auseinanderdriften

Das Lied vom Fleiß

Laßt mich allein nun! Endlich laßt michs singen,
Das Lied vom Fleiße, das ich singen will.
Einhundert Zeilen wird mein Fleiß erzwingen
Und fünfzig Doppelreime. Also still!
Hier wird das Lied auf meinen Fleiß geschrieben:
O großer Fleiß, der schon die Zeile sechs
(Sie wars), der also schon die Zeile sieben
Mit Lippen abzählt –: Zeigt mir das Gewächs,
Das schneller wächst! Kein Wägelchen mit Reisern
Ist rascher voll als dies mein Büchlein, ja!
So, Brüder, tut der Fleiß – kantianisch, eisern! –,
Fleiß von der Art, wie ich ihn oft schon sah
In unserm Land. Erkennt und prüft euch, Helden!:
Fleiß, eisern sinnlos, wär nicht heldenhaft?
Mich aber laßt als Zwischenmeldung melden:
Die Zeile sechzehn, seht, ist schon geschafft!
Mag unser Himmel blauen, mag er regnen,
Einhundert Zeilen her!, seis mit Gewalt,
Ihn, der sich selbst genügt, den Fleiß zu segnen,
Und seine Jünger, deren Chor erschallt:
»Hauptsache: fleißig! Alles andre: Scheiße!
Wer nach dem Sinn fragt, ist ein armer Tropf!«
Der Lehrling schon hört diesen Vers vom Fleiße,
Der Meister nickt mit dem Charakterkopf:
»Betrieb, Betrieb!« So dieses Epos, Lieschen:
Nicht Geistesblitze kennts noch Phantasie,
Ich pflanze hundert Zeilen wie Radieschen,
Brech Reim um Reim wie Kleinholz übers Knie.
Der ich nicht Wochen-, Monatslohn empfange,
Ich übertreffe alle! Freunde, geht,
Ein Hymnus, lang wie eine Hopfenstange
Und spannend wie ein Defa-Film, entsteht!

Hier schlägt der Fleiß heroischste Bataille!
Ich übertreffe alle – nichts als Schweiß
Wird mir zum Lohn, nicht Orden noch Medaille
Erstreb ich oder Heinrich-Heine-Preis!
Auch nicht aus Lust und Liebe, liebe Grete,
Wird hier gedichtet, nicht aus Lieb' und Lust
Der Hymnus, Vers an Vers wie Spargelbeete,
Hier hebt der Fleiß an sich die Heldenbrust:
Die Zeile einundvierzig ist errungen!
Die Zeile zweiundvierzig liegt schon vor!
Die Zeile dreiundvierzig wird gesungen!
Die Zeile vierundvierzig summt ums Ohr!
Der Reim auf Nest, Inzest und Pest rückt näher,
Da ich die fünfzigste begehen kann –
Und fließt der Strom der Zeilen etwas zäher,
Ich peitsch ihn weiter wie ein Reitersmann
Beim Endspurt in der letzten Zielgerade,
O Fleiß, der meinen Herzschlag stottern läßt!
Dies war sie! Nummer fünfzig! Schade, schade,
Wie bald vorüber! Doch ein kleiner Rest
Heißen Triumphes wird mich weiterjagen
Vielleicht noch zwei, drei Zeilen, wenn nicht vier –
Schon fällt, ich eile mich, sie einzutragen,
Die Zeile siebnundfünfzig, diese hier!
– »Glanzlose Zahl und schlicht, wie rasch vergessen!
Und grade die Bescheidnen solltest du
Mit einem Toast und einem kleinen Essen
Zuweilen ehren! Eine Fuffzehn, nu?…«
Der Satan! Ich verscheuch ihn, zähl die Zeilen.
Vergeblich lockt des Teufels süßer Leim.
Ja, atemlos von Reim zu Reim sich seilen
Will Dichters Fleiß, zetBe zu diesem Reim:
Die fünfundsechzigste der Zeilen, Brüder!
Erheb dich, Leser, meinem Fleiße Ruhm!
Setz dich, Genosse, und erheb dich wieder.

(Der Fleiß, der Fleiß nur ist mein Heiligtum!)
Du näherst dich der siebenzicksten Zeile.
Ich sage: siebenzick! Sie ists mir wert.
Wer lächelt oder lacht, verdiente Keile –
Die Zeile siebenzick, in ihr mein Fleiß geehrt!
Und monoton ertönts von fleißiger Leier:
Die Zeile siebzig hab ich dargebracht,
Die siebzigste. – »Noch immer keine Feier?
Sinds nicht schon beinah siebenzick und acht?«
Nein, nein, es sind erst siebenzick und sieben!
Vers achtundsiebzig ist erst dieser, schau!
(Ach, möchten sie wie Schnee, die Zeilen, stieben...)
Die Zeile achtzig, bitte, schöne Frau!
Die Zeile einundachtzig! – Und der Dichter,
Er überlegt: War sie nicht allzu schwach?
Ein plapperndes und meckerndes Gelichter
Die Verse, die ihn überfallen: Ach,
Ob nicht, eh ich des Liedes Schlußsatz tippe,
Freund Hein erscheint, der keinen noch verfehlt'?
Steht er schon hinter mir mit seiner Hippe?
Wie mancher fragt sich, solchem Fleiß vermählt,
Eh er sein Pensum Punkt für Punkt geschafft hat,
Fragt bänglich, ob ers noch erreicht, sein Ziel?
Ob er für solchen Fleiß noch länger Kraft hat?
– »Wo ist der Sinn? Wärs wenigstens ein Spiel!«
Ja, mancher Held ward endlich schwach, mein Lieber –
Ich bin ein Preuße und erfüll es strikt,
Mein Pensum, ich erfüll es notfalls über:
Die Zeile sechsundneunzig ist geglückt!
Die Zeile siebnundneunzig! Stolz verwundert
Seh ich das Lied auf meinen Fleiß gereift.
Hier ist der Gipfel, hier die Zeile hundert:
– »Gebt mir den Strick da, doch gut eingeseift!«

Einem ungebrochenen Rezensenten

»Gebrochene Gefühle!« rügt er manchen kühl.
Will jener Rezensent auf Steine pochen?
Ich, leider Mensch, bin ratlos: Mein Gefühl
Wird dutzendmal am Tag und mehr gebrochen.

Wie ist ein ungebrochenes Gefühl? Mit glatten Rändern?
Meins jubelt heute, morgen schon in Not!
Meins ist gebrochen. Kann ich es denn ändern?

Willst aber du es ändern, schlag mich tot!

Das letzte Zimmer

1

Sie spielten Skat Ich bang zurückgewichen
Man stieß mich rasch ins Zimmer wo man stirbt
Sie die schon angefaulten Leichen glichen
Schrien Daß man uns das schönste Spiel verdirbt

2

Es kommt die Schwester mit den schwarzen Zöpfchen
Die milde Medizin der gute Rat
Sie sitzen bleich im Kreis auf ihren Töpfchen
Und spielen Karten eine Runde Skat

3

Die Pfarrer kommen und die Kampfgenossen
Das krumme Mütterchen bringt Fleischsalat
Die Putzfrau schiebt den Besen stumm verdrossen
Die Todgeweihten hustend spielen Skat

4

Zuzeiten steht vorm Haus ein schwarzer Wagen
Ein ungeduldiger Fahrer dann und wann
Bald hör ich sie nervös das Tischchen schlagen
Und an mein Bett Uns fehlt der dritte Mann

5

Nicht lang man trägt herein ein gelbes Wesen
Ein Drittel Fleisch zwei Drittel Gips und Draht
Die Karten werden kriechend aufgelesen
Die Todgeweihten spielen wieder Skat

6

Der eine lenkte dreizehn Straßenbahnen
Der war Elektriker und jener Obermaat
Ob sies noch manchmal wenn sie mischen ahnen?
Ach Bube Dame König As S'war immer Skat

7

Nur ich verschlagen wie in eisige Fremde
Ein Staatsfeind fast ich kann kein Kartenspiel
Ich sitz verstummt im weißen Sterbehemde
Der einzige mit trübem Vorgefühl

Der Laubenpieperfriedhof

In memoriam Paul Gurk

Wenn wir hier sterben, haben wir es nah,
Noch weniger weit als bis zur S-Bahn-Strecke,
Wir haben es bequem, Sie, wirklich, ja,
Kurz durch den Wald und einmal um die Ecke.

So sauber wie die Laubenkolonie
Die Gräber dort, gepflegt wie hier die Beete –
Ja, unser alter Friedhof! Wissen Sie,
Man zieht ganz einfach um – wie Wallners Grete

Vor einem Monat –, in den Wald hinein
Und aus dem Wald heraus, zweihundert Schritte,
Und hinter Ihnen her blickt winzig klein
Das Fenster Ihrer lieben Laube, bitte.

Die düstere Legende vom Karl Mickel

Losgekettet habe ich mich oft mit Bissen,
Dickes Blut floß mit dem Speichel aus der Zunge.
Von den andern schnitt ich sanfter mich mit Küssen.
Einmal noch, nur einmal! flehten Alt und Junge.

Wankend stand der Feind der Lügner und der Trägen
– Wars Villon, Karl Mickel, war es Oscar Wilde? –,
Sah sie eifrig, junge Fraun, den Schandpfahl sägen;
Witwen, sie vor allem, haben sich beeilt.

Auch der Hohe Rat hat ihn mit Macht gescholten:
Seine sittenlosen Schriften treff der Bann!
Drei Doktoren unsrer Alma mater rollten
Jenen Pfahl zum Markt: Reicht her den Mann!

Losgekettet habe ich mich oft mit Bissen,
Ha und Blut floß mit dem Speichel aus der Zunge.
Von den andern schnitt ich sanfter mich mit Küssen.
Einmal noch, nur einmal! flehten Alt und Junge.

Ob mit Eheringen, güldnen, ob mit Beilen
Zielten sie auf was man lustvoll schiebt.
(Drei Doktoren gründlich tilgen Mickels Zeilen,
Bis es keine auf der ganzen Welt mehr gibt.)

Eisig nunmehr, Heros düsterer Ballade,
Er skandierte: Each man kills the thing he loves.
Und sie taten es und schnürten ihn zum Rade.
Konnte keiner Englisch in dem Rund des Kaffs?

Anmerkung: Das Scherzgedicht geht u. a. auf die berüchtigte »Forum«-Diskussion über Poesie (1966) zurück, die mit einer Art Bannfluch über sämtliche relevanten jüngeren Lyriker der DDR endete, ausgesprochen von einer Troika führender Literaturwissenschaftler der DDR. Über den Lyriker Karl Mickel heißt es z. B.: »Dieser jämmerliche, zynische und vulgäre Sexualpragmatismus, oder wie immer man das nennen soll, der da glaubt, intellektuelle Überlegenheit, Unabhängigkeit und die nur ihm eigene ›Größe‹ durch Prahlen mit dem offenen Hosenlatz kundzutun ...« Antworten auf solche Anwürfe wurden nicht mehr abgedruckt, wie auch das Werk der betroffenen Poeten in den folgenden Jahren nur noch in winzigen Bruchstücken das Licht der Öffentlichkeit erblickte. Daß die 1967 entstandene »düstere Legende« 1974 endlich doch publiziert werden konnte, kennzeichnet die veränderte Situation nach dem VIII. Parteitag der SED.

Was läßt

Was läßt die Fraun der Freunde uns verführen?
Was treibt die Wange mild an unsre Hand,
Im überraschten Herzen sie zu spüren?
Wir drücken mörderisch sie an die Wand.

Ich sehe uns verfeindet, Kameraden,
Und plötzlich stierhaft in verworrner Schlacht.
Die Fraun stehn lächelnd, Unschuld voll der Gnaden,
Im Auge schon das Schwefellicht der Nacht.

Wo schmerzt sies, wenn den Mann wir niederkneten?
Verrat, wie süß, Betrug, wie machst du warm!
Drei Rosenkränze, Freunde, laßt uns beten!
Gestreng die Richter, das Gesetz ist arm.

Verdammt das Weib aus Parterre

Es führt Hiobsbotschaften
Und Hündchen an der Leine
Es läßt sie plötzlich los
        Wenn ich erbleiche es lacht
        Pfeift flink den Hündchen
        Schnappt sie zupft dann an ihnen
Es führt Hiobsbotschaften
Und Hündchen an der Leine
Es läßt sie plötzlich los
        Dann bellen die Hündchen erbost
        Die schrillen DEMENTI DEMENTI
        Und ich erbleiche tiefer

Hymnus nach dem Besuch des Großen Mannes

Ich hab es gesehn ich hab
Den berühmten Mann eine Suppe essen gesehn
Ich hab es gesehn Mit einem Löffel
Mit einem Löffel tat er sie in den Mund

Er hat ihn gesehn
Gesehn hat er ihn
Gesehn Ja Gesehn
Preis und Ehre dem
Der ihn gesehn hat

Ich hab es gesehn Er saß
Der berühmte Mann überm Teller hab es gesehn
Saß über einen Teller gebeugt und tat
Suppe in seinen Mund und mit einem Löffel

Er hat ihn gesehn
Gesehn hat er ihn
Gesehn Ja Gesehn
Preis und Ehre dem
Der ihn gesehn hat

Ich hab es gesehn ich hab
Durch das Fenster gesehn da hab ichs gesehn
Den Löffel in seinem Mund einen Löffel voll
Nudelsuppe Bißchen fiel plätschernd herunter

Er hat ihn gesehn
Gesehn hat er ihn
O ihn gesehen zu haben
Den Glücklichen
Der ihn gesehn hat

Nach C. Sandburg

Ls Kinder

Für L. in B., als Antwort auf
seine ›gut gemeinten‹ Ratschläge

»A bas! A bas! Sie schriens, kein Kopf, nur Münder.
Im Sturz versuchte ich mich festzukrallen.
Klug wie den Bussard mach ich jetzt die Kinder.
Ich lehr sie stumm zu sein, auch schlau zu fallen.«

Sagt L., vormals ein Mann in höchsten Ehren.
Die Bravheit seiner Kinder muß ich loben.
Statt Schurkereien mit Krall und Klau zu wehren
Kein Wort, kein Wort – und stets falln sie nach oben?

Von Zeit zu Zeit

Zuerst ein Gekläff Dann die völlige Stille
Dann wird der Lohn für die Wahrheit gesenkt
Dann klärt sich das Wertmaß fürs Salz der Pasquille
Dann kriegt man die besten geschenkt

Ode auf eine vernachlässigte Sportart

Von grüner Kuppe kam ein Wirbelwind,
Die Wiesen rührend, steil hinab zum Wasser.
Da fiel mir ein: War ich nicht einst ein Kind?
Ein Sichdenberghinunterrollenlasser?
Als ich mich dann hangabwärts rollen ließ
– Am zwanzigsten September siebzig dies! –,
Der Reif, der um mein Herz lag, ist zersprungen.
Allein und nicht in einer Rotte Jungen,
Luzerne-, lattich-, löwenzahnbetreßt
Rollt' ich, ein Mann, von gräsernen Terrassen;
Es war mein vierzigstes Geburtstagsfest.
Ja, Sichdenberghinunterrollenlassen!

Ich rollte und ich hatte meine Hand
Eng an der Hosennaht wie ein Gefreiter,
Den Aftermuskel aufmerksam gespannt:
Wo roll ich hin? Ich rollte, rollte weiter.
Roll ich, in dieses Rollen eingezwängt,
Bis sich mein Vollbarthaar im Dorn verfängt?
Es lachte was! War ich es selbst, der lachte?
Dies Lachen, wie es hüpfte, Sprünge machte:
Die Hände an die Hosennaht gepreßt,
Ja, Sichdenberghinunterrollenlassen!
Es war mein vierzigstes Geburtstagsfest,
Es war im grünen Gras, im regennassen –

Ich bin bergab gerollt! Wo Stolz und Scham?
Ich find mich klüger und ich fühl mich neuer.
Ein zwanzigster September siebzig kam!
(O Spott auf Bremsen, Hohn auf jedes Steuer –)
Die Steine stoßen mich, die Stoppel sticht,
Das Blut entflammt im Kopf sich zum Gedicht:

Laßt alle Euch den Berg hinunterrollen,
Ihr Kalten und Ihr falschen Seelenvollen!
Vom Reif um Eure Herzen bleibt kein Rest!
Holunderhimmel sind und Blumengassen!
Das war mein vierzigstes Geburtstagsfest:
Ja, Sichdenberghinunterrollenlassen!

Liedchen von den Himmelstapezierern

Der ganze Himmel wunderbar verschönt
Mit Transparenten fast bis an den Mond
Mit Feuerwerken herrlich vollgeklackst
Die besten Tapezierer sind die unsern

Noch niemals fiel mir einer auf den Kopf
Noch niemals rutschte einer aus ins All
Noch niemals hat es einmal nicht geklappt
Die besten Tapezierer sind die unsern

Vor dem Abbruch unseres Hauses

1

Nachts sind Decken und Wände schräger.
Morgen sage ich dir: Es ist aus.
Du vertraust noch dem knisternden Träger?
Unser Atem nur trägt dieses Haus.

2

Das Haus, seine Stimm gleicht der deinen.
Zu Gerüchten, Verleumdungen schnalzt
Die Treppe – bald stumm, unter Steinen,
Mit dem Mauerrest niedergewalzt.

3

Der Dachstuhl knarrt laut wie ein Wagen.
Dein Mund schmeckt nach Kalkstaub und welk.
Schon hör ich dein Herz nicht mehr schlagen:
Ein Zeitzünder tickt im Gebälk.

Des Freundes Wettlauf mit dem Schneemann

1

Den Schneemann dort im Hof, den lückenhaften Stumpf,
Du sahst ihn kurz vorm Sterben – ich trank immer weiter –,
Die rote Möhrennase und den schmutziggrauen Rumpf:
»Der überlebt mich...« Und du sagtest es fast heiter.

2

Obwohl du selten pünktlich warst und niemals streng
Mit Zeigern, weshalb wolltest du die Uhrzeit wissen?
Ich Dritter Stock, du Meter unterm Souterrain,
Ich überlegs und trink, vor mir das leere Kissen.

3

Du unterm grün gestriemten Schnee im Totendreß,
Der Schneemann hat dich überlebt. Ich bin betrunken,
Da ich verwirrt die Strecke eures Wettlaufs meß.
Ich seh den Schneemann zu drei Vierteln abgesunken.

4

Der Schneemann schmilzt in meinen Augen, eh er schmilzt,
Der graue Sieger schmilzt – kein Grund zum Trinken? Bitte!
Ich hab, als keiner da war, deine Uhr gefilzt.
Ihr Zifferblatt zerfließt. Laut ticken deine Schritte.

Geborgenheit
oder Ein Opfer der Eifersucht

Ja, wie ihr Kindchen war ich, grausam eingezwängt,
Geborgen zwischen Brüsten, liebevoll zerdrückt.
Sie hatte mein Porträt im Hausflur aufgehängt
Und meinen Namen in ihr Kissen eingestickt.
Ja, fliehen wollte ich! O Freiheit, die fern gleißt!
Die Löwin stellte mich –.
Jetzt regn ich Stück für Stück
In kleinern, größern Fladen, die ihr Zahn zerreißt,
Und fragmentarisch auf ihr Riesenbett zurück,
Ja, Hand um Hand und Fuß um Fuß, zuletzt der Hut.
Hört Ihr sie schmatzen. Nachbarn, faul und ungeniert?
Auf meinem Namen kauert sie, verrauchte Wut,
Da sie an meinen Knochen nagt, und stiert und stiert.
Weshalb so mürrisch plötzlich? Bald ist es getan!
Ein Finger noch, ein Viertel Wade, dann der Hut!
Doch seltsam müd reibt sich und lustlos Zahn an Zahn –
Ein Deutscher Dichter ich, Madame, ich schmeck nicht gut?

Der älteste Mensch der Welt

1

Das alles verdank ich der Presse

2

Nachkommen zählt das Geburtstagskind zweihundertneun
Doch am Mittwoch am kommenden Mittwoch
Zählt er sein einhundertsechsundsechzigstes Jahr
Schir Ali Mislimow der Alte
Er zählt sich lieb nickend zu uns

3

Täglich arbeitet er noch ein wenig im Garten
Lange Spaziergänge führen den Zeitgenossen Napoleons
Oder Goethes bald nach hier bald nach dort hin
Am kommenden Mittwoch bleibt er zu Haus

4

Ich verdanke mein hohes Alter der Sowjetmacht
Allah
Der Sowjetmacht
Der Arbeit
Allah
Meinem guten Charakter
Ich habe ein Herz wie ein junger Dshigit

5

Das alles verdank ich der Presse

6

Einhundertsechsundsechzig wird Schir Ali am Mittwoch
Und freut sich ah auf das Jahr zweitausend schon heut
Älteren Zeitungen entnimmt der Leser voll Neid

Als er einhundertfünfundsechzig wurde hat sich Schir Ali
Hat er sich ah auf den Hundertsten Lenins gefreut

7

Das alles verdank ich der Presse

8

Zweiundachtzig Pulsschläge zählt er in jeder Minute
Sein Blutdruck hundertfünfunddreißigStrichfünfundachtzig

9

Das alles verdank ich der Presse

10

Aber das größte Glück dieses ältesten Menschen der Welt
Seine Erfahrungen weiterzugeben am kommenden Mittwoch
In Barsawu im Talischgebirge in Aserbaidshan
Seine jahrhundertealten Erfahrungen weiterzugeben
Im Zubereiten von Schaschlyk

Hohnlachen (I)

Du kamst das Auge des Zyklons zu blecken
Doch wenn ich lach dann hört es Ninive
Vor meinem Lachen suchst du nach Verstecken
Mir tut die Seite ach vom Lachen weh

Du wirst mich lachen hörn durch tausend Decken
Ich sieb dich aus dem Sand als Faust die Bö
Wenn du mir stirbst ich werde dich erwecken
Ich würfle dich aus tief verschneitem Schnee

Mich auszutilgen du versprachst es ach
Ich lachend lachend tanz auf deinem Dach
Ich schürf dich aus dem Schnee ich halt dich wach
Du sollst es hören wie ich lach und lach

Hohnlachen (II)

Mich auszutilgen du versprachst es ach
Dem grinsend ich den Vierer-Reim vermach
Ein Grinsen schmück als Fahne dieses Dach
Du kannst nicht hindern daß ich grins grunz lach

Februar

1

Die Weltraumkälte sickert ein in meine Haut

2

Ich hör dem Schnee der Erde zu Er taut und taut

II
Akte Endler

Schwarzwolkpruetsch

1
Gilbstes Wölkchen

2
Betrüblicherseits

3
Schwarzwolkpruetsch
Rünnachathnem Gebürge

4
DreizehnzwööözehnUhr

5
SiebenUhrdreiz*

6
Des Benamm ich
Sowie nicht mehr weitß

7
Bal ich frenn
Unters Kürze Vorwürgel

* Und immer noch gereimt, siehe da!

Drei Elegien

1

O die waffenklirrenden
Schönen Wälder Die schönen
Waffenklirrenden Wälder

2

Das viele Blut des Herbstes rostrot gelb und braun Die
Blutaufwäscherinnen gehen durch die Parks und kehrns auf
ihre Schaufel Wie Chlorkalk blickt wie Sägemehl ihr Blick

3

Wir sind verloren ich weiß es schon lange
Nicht einer mehr keiner um den ich noch bange

Reiseziel

Eventuell Nordbrabant wo die Maler die Mühlen malen die Gegend von Eindhoven *(Geh nach Haus jetzt van Gogh)* Dann ins kleinste der Dörfchen und am Pfarrhaus vorbei durch Brennesseln waten und Asche und Hühnerkot in den staubigen Kohlenschuppen wo das Fahrradflickzeug verwahrt wird Rattenfallen zerbrochenes Milchglas Kalk Flaschen Kalk Eventuell dieser Schuppen und aus Kisten- und Kastenholz der schiefe hinwackelnde Tisch mit dem Fahrradflickzeug dem herrlichen Fahrradflickzeug Staub Öl und am ersten Sommertag nach dem Krieg

Eventuell Nordbrabant

Dieses Damenrad kriegen wir hin

Besuch aus Moskau 1955

Fadejew! – Paustowski! – Korneitschuk!
Issakowski! – Bashan! – Schtipatschtow!
Ketlinskaja! – Kassyl! – Katajew!

»Ach, lebt die Achmatowa noch?«

Bek! – Lebedew-Kumatsch! – Sjomuschkin!
Scholochow! – Polewoi! – Lugowskoi!
Surkow! – Schaginjan! – Libedinski!

»Und lebt die Achmatowa noch?«

Perwomaiski! – Fedin! – Lukonin!
Ja, sie lebt!, nun hören Sie doch!
Assejew! – Ashajew! – Fadejew!

»Sie lebt, die Achmatowa, noch?«

Für L. K. und J. S.

Schweigend ein Baum ein Baum der sich schweigend verzweigt
Das Land das ferne das sich seine Dichter verschweigt

Akte Endler

1

Wäscht sich oft nicht Zahnausfall Stinkt stark aus dem Rachen / Auch Schweißfuß Liest die Tageszeitungen auf dem Klo / Ausschließlich Hat niemals einen Schwarzen Anzug besessen / Neigt zu Alleingängen einsamer Pilzsucher Säuft / Wäscht sich nur flüchtig wenn überhaupt Und (zahlreiche Zeugen) / Hält sich noch nicht einmal wenn er wieder rumhuren / Zieht (wöchentlich bis zu sieben Mal) und volltrunken dann / Vor ganz häßlichen Worten über unseren Johannes R / Becher zurück und vor allem dessen Sonettkunst

2

EtceteraetceteraMenschetcetera
Eine Anthologie zweibändig nichts als Bedenken
Ergo das Ganze so etwas wie Pornographie
Und wirklich nur für die privilegiertesten Leser
Charaktere die absolut nichts mehr umschmeißt

Zukunfts-Kanon

Die Humpen hebt bezie-
Hungsweise Hoch die Tassen
Was kommt kommt sowieso
Nur immer kommen lassen
Lassen
        Lassen
                Lassen
                        Lassen
                                Lassen
Die Zu die Kunft die Zu
Die Zukunft ist der Clou

Dasselbe noch mal Mi-
A (Sollen sie uns schassen)
Was kommt kommt sowieso
Und deshalb Hoch die Tassen
Tassen
        Tassen
                Tassen
                        Tassen
                                Tassen
Der künftigen Zukunft zu
Die Zukunft ist der Clou

Three cheers den Krankenkassen

Der Schrecken

Im Wartezimmer, als das rote Lämpchen aufglüht
Und eine Mädchenstimme streng befiehlt: »Frau Schulz in Zimmer zwei!!
In Zimmer zwei, Frau Schulz!! In Zimmer hunderttausend-
Vier Kollege Endler – – – – –«

Mit Howhannes Thumanjan

Als Rauch vergeht o Gott mein ganzes Leben
Die Knochen marklos Und wie dürres Reisig
In Sommers Mittagsglut mein Herz Gefallen
Am Boden ich Mein Ziel verlor ich Jüngst

Mein Täglichbrot Zerwürfnis Hohn Verleumdung
Nicht schmäh ich länger das Exil das süße
Ein jeder Tag bringt nurmehr schlimme Nachricht
Und schlechte Träume morgens jede Nacht

Ein Kauz in Hinterhöfen Doch ich hoffte
Einsamer Vogel der ich bin und hoffte
O Gott und wieder ganz allein o Himmel
Und krank jetzt Und der Tag der Güte fern

Howhannes Thumanjan, ein armenischer Dichter,
der von 1869 bis 1923 lebte.

Die Stunde des Korrektors

Hier zwei Kommata weggestrichen
Dort einen Doppelpunkt eingesetzt
Irgendwo in unserem Sonnensystem
(Wie auch der Schwanengesang des Hahns mit den roten Augen im
Garten)
Er tilgt den Gedankenstrich
Und er tüpfelt drei Pünktchen
Mitten in unserem Sonnensystem
Springt der wütende Dichter ans Telefon

Das Schluchzen des Weltalls

Splitter

Zwei Vorbeigehende

»... ich werde ihnen ein Denkmal aus stinkender / Wetterfester Scheiße errichten Inschrift Den / Ohrenlosen im ... – GRÜN jetzt eiligst über die Straße ...«

Frühlingsbild

... Steil halten die läufigen Katzen / Den bebenden Schwanz in den Wind / Unzüchtig wie Fernsehtürme / Im kapitalistischen Ausland

Elegie

Das alles gab es einmal: / Das Süßholz; die Riesenbockwurst; / Die Waldmeisterlimonade; verbilligte Knickeier; / Gott!

Ende einer Tour

Dies ist das Ende meiner Wanderung zu Fuße:
Die kurze Flasche Adlershofer im Jackett
Lieg ich zerhunzt auf einem lilafarbnen Sofa
Kurzsichtig und das linke Brillenglas kaputt
In der Mark Brandenburg im SCHWARZEN HECHT.
Dies ist das Ende meiner Fußeswanderung:
Aus trister Manteltasche ragt, wie froh erworben
Vor einem Kleinstadtbahnhof früh am Vormittag!,
Aus toten Mantelfalten stiert der neueste SONNTAG
(Das hättest du, oh Mutter, Mädchen aus Bruxelles,
Dir auch von deinem Ältesten nicht träumen lassen,
Das schwarze Schicksal weit von Flandern in der Mark):
Druckfehler, drei! Ein ganzer Absatz weggefallen
Aus meinem schicken Aufsatz über Wohnkultur,
Druckfehler, drei, nein vier! Oh Mamma, Mamma, Mamma!
– Und fing so gut an mit dem knappen Regenguß,
Als ich vom Trittbrett sprang in mutigen Wanderschuhen:
Die feuchten Sträßchen und der triefende Kiosk
(Nur einmal drumherumgehn!) in der Sonne...

Handgeschriebenes Transparent August Starkes

!!!
Nieder die Kaderakte August
Starke!, die Katarakte hinab!
!!!

Die Wirtin vom Feuchten Eck oder der Sprung

1

Und Coca lispelt: »Wir? Wie überall! Das klappte gut
In Halle; wenn uns wieder der Schamottestein im Stich ließ,
Zulieferungsprobleme auch schon damals, *keine Angst*,
Dann stellten wir die Produktion per D-Zug um und stanzten
Die grünen Frösche wir, Hupffrösche, aus den Dünnblechresten,
Ganz mit dem Herzen bei der Sache. Schön, wie man dem Frosch
In seinem Hohlbauch eine Füllung schwarzes Pech *anbrachte*;
Sodann die Feder: aus Metall, aus irgendwelchem Schrott – –
Die diesen Arbeitsgang ausführte, das war ich: Mit Juppheidi
Wurde die Feder in das Pech gepreßt. Jetzt braucht man nur
Noch warten, bis dieselbe sich entspannt und sich mit hellem
Knacks oder Schnappgeräusch der Sprung *vollzieht*...« Spricht Coca und:

2

»Bockwurst ist alle leider! Bist du taub, Du Frosch!«, schreit Coca:
»Doch falls Du die Boulette willst? Vom Donnerstag!« Und stöhnt:
»Wie Ihr mich wieder nervt!« Und keift: »Wer hier im FEUCHTEN ECK
Zuerst bedient wird, das bestimme ich, Du Frosch! Erst Endler!
Nochmaldasselbe, Adolf?« Und zwei Fliegenfänger über ihrem Scheitel
– »Nochmaldasselbe, Eberhard? Nochmaldasselbe, Joe?« –,
Die ineinanderkleben und sich drehn, daß man die Fliegen
Leicht abzähln kann, so sieben, acht: Was starren die mich an,
Anstarr ich *sie*? Und Coca faßt sich ins Toupet, die Strähnen
Rotblonden Grüns, fragt: »Is wat?« – »Nee, die Fliegenfänger nur!«
»Ach, nur die Fliegenfänger... Noch mal'n Doppelten und'n Bierchen?«
– »Nochmaldasselbe, weißt Du doch, Carola!« – »Bon!« Die liebt mich.

Denkmal für A.W.

Auskunft von Angelika Woite, 21 Jahre alt, Arbeiterin im VEB Textilreinigung Potsdam-Rehbrücke:

BEI MIR SIND SIE FALSCH
ICH EIGNE MICH NICHT FÜR DIE ZEITUNG
ICH BIN KEIN VORBILD
ICH MACH MEINEN MUND AUF

Maria Seidemann gedankt.

Liebeslied für M.

Ich werde Dich Gähnende waschen
(Und versteh das alles nicht falsch)
Da Du endlich von Deinen
Zwei bis vier Kunden kommst
Morgens um etwas nach drei

Zu retten bist Du ja nicht mehr
(Die Maschine unabstellbar sie läuft)
Aber das kann ich Dir wenigstens
Abnehmen das Jeden-Morgen-sich-Waschen
Mund zu

Gedenken an zwei Stammgäste

1

Ein warm koloriertes Foto: Herr Betz,
Geschäftsmann, daneben Betz' Frau.
  – »Geschäftstüchtig wie keine zweite!«
Da lag Betz' Beil noch unter Briketts
Im Keller und braunkohlengrau.
  – »Ohne sie wär ich lange schon pleite!«
  – »Die Seele des ganzen Geschäfts! Einwandfrei!«
  – »Daneben, was bin ich? Ein Frühstücksei!«
Da schlug sie es auf, zackklack (ohne Schrei
Herr Betz kippte mählich zur Seite),
Als teilte sie nicht den Schädel von Betz,
Als zerkleinerte sie nur eins der Briketts,
Als spaltete sie ein paar Scheite...
  Und gestern noch Stammgast.

2

Wir vom Stammtisch empfinden es fast als Verrat:
Das wird nie mehr der alte Donnerstagsskat!

Sunlight-Serenade

Und plötzlich geschminkt ihr Kußmund der spricht
Heute nicht
Heute gehts einfach nicht
Manchmal gehts eben nicht
Und heut leider nicht
Und ich starre ins trostlose Sommerlicht
Weshalb mach ich denn meinen Laden nicht dicht
Laß die Rolläden runter
Statt der Tränen
Was interessiert mich denn Cottbus
Was interessiert mich das Lausitzer Land
Was die Kundschaft von meinem Bockwurststand
Da wirds ohne mich Bockwürste geben
Was interessiert mich
Mein Leben

Sterben im Juli

Und plötzlich irgendwo die Radiosendung:
»Ich sage nur – Pink Floyd...« Und er vergißt,
Die er begonnen hat, die letzte Wendung
Zur Wand, das leere Röllchen, all den Mist.

Aufglimmt im Spalt des Hinterhofs korallen
Das schwarze Pappedach! Wie lädt es ein
Zum Sprung ins Leben!: Bier- und Speisehallen,
Der Duft der Zeitungsstände, Bäckerein...

Durch feurig wabernde Spätmittagshitze
Stößt, röchelt, trommelt es die top hits her;
Er, starr, liegt in des nackten Armes Stütze
Und yeah yeah höret sie nicht mehr.

Fundgegenstände

Und von den Hängen kalt die Hauche eines Todes
Der in den Horizont und seine blaue Wasser
Die Bäume niedersenkte Netze schwarzer Zweige
Darin die Blätter ach wie Fische schlugen
O dein Gelächter Genua aus ihm vernahm ich
*Ein Schweigen wie der Gräber in Staglieno**

I

Wer kennt solch Toten? Etwa fünfzig; die Pupille links mit Scharte;
Entdeckt in Jagen Siebzehn; Tascheninhalt: a) ein Kunstgebiß;
Dann b) ein Fahrscheinheft, so aufgeweicht wie c) die Wanderkarte,
Präzis: UMGEBUNG VON BERLIN Strich NORDEN, die der Mann zerriss…

2

Der Bart der Leiche: Schwarz, mit einem Stich ins Rote, beinah bläulich;
Das Kopfhaar, übrigens Fassonschnitt, an den Schläfen schwach ergraut;
Die restliche Behaarung… – ein Kapitel, eher unerfreulich!
Was noch? Zwei Kautabake d) im Portemonnaie e) ungekaut.

3

Wer kennt, auf den Beschreibung zutrifft, und Betrieb und Namen dessen?
– Zum Xten Male sagen wir den Bürgern, was seit Jahren Pflicht:
Bei keinem Schritt aus Haus und Wohnung Personalausweis vergessen!!! –
f): Was Gereimtes noch, betitelt KLEINES LECKTMICHMAL-GEDICHT!

* Die vorangestellten Verse nach Atanas Daltschew.

Tagebuchnotiz des Fernsehdramatikers X.

Jetzt endlich hab ich den Aufhänger für dieses Rentnerinnenschicksal
gefunden
Diese irre Selbstmordstory die mich seit Jahren juckt jetzt endlich das Gas
hauts voll hin

Bobbi Bergermanns letztes Jahr

I

Sieben begrabene Hoffnungen
Bobbi Bergermanns

Hier liegen sie
Tot und begraben
Der lange ersehnte
Sadomasochistische Flirt
Einer der Stalinpreise
Und daß man sich endlich
Einmal das Bein bricht
Die *Tragödie* ach
Die *Tragödie* wenigstens
Diese im Leben
Für Wekwerths BE
Der Topwunsch des Dichters
Die Nachbarin
Fall zum
Fenster heraus
Und eh ichs vergesse
Geliebt zu werden
Ein Mal noch
Geliebt

II

Bobbi Bergermanns später Wunsch

Ohne Gepäck
Ein Einkaufsnetz nur
Doch bis zuletzt übernachten
Bitte
In Zimmern mit Büchern Büchern

III

Moment oder Keibelstraße halb eins

Das Jahrmarktsspiegelchen flatterte kläglich
Eh es klitsch auf die Fliesen hinfiel

Zwei Lesezeichen

1

Oh Elektro-Festivalblume Du, noch tagelang leuchtende, weil von allen vergessen, Dir, ja, Dir diese Zähre! – Als ob's jemals grundlegend andrer Art werden könnte oder gar neu (oder unter Umständen heute schon wäre)... Mh, aus!

– Bald ist Nikolaus!

2

Oh Elektro-Butterblume zwischen Elviras schwellenden Lippen!, oh Elvira Du mit dem aktuellen Elektro-Gebiß, mit welchem man seinen Weg in die Zukunft auch an düstersten Tagen zu finden vermag; knips, knips, knips; knipsknipsknips...

– Und bald ist Nikolaus!

Die Rede des großen Pimmel

Seien wir brüderlich zueinander
    Brüderlich brüderlich
Mahnte der große Jacques Pimmel
(Sein Handschuh wies zum Himmel)
Seien wir alle brüderlich zueinander
Alle hier brüderlich zueinander
Alle *ohne Ausnahme* brüderlich
Dröhnte der große Jacques Pimmel
(Flüchtendes Menschengewimmel)
    Für keinen ne Extrawurst

Aus den Heften des Irren Fürsten M.

»Im Kopf des Löwen /
Ist gut kauen – – –«

I
Ballade / Aus den Heften des Irren Fürsten

Oh der windigen Winterwelt!
Wie ganz aus Geheimnis gemodelt!
Wie aus Sternenstaub hergestellt!
All die Wochen, die man verrodelt…
Doch plötzlich sind Stimmen, gelln schrill
Zwei Gesellen beim Wortgefechte:
Jetzt die rechte Stimme, links still
Die linke, dann wieder die rechte;
Ich unbemerkt hinter dem Stamm,
Dem dicken der uralten Eiche,
Und lauschend… – Als nächster sprach stramm
Von links zu dem Schwarzen der Bleiche:
»Ein Zeitzünder bin ich und quick!
Hörn Sie, Madame, dieses Ticken!
Pick, pick, pick, pick, pick, pick, pick, pick!
Bald heißt es, das Köpflein zu zücken!,
Madame, spitz aus Dornen den Dorn…«
Ich vergaß fast das Rodelwandern:
Was verhandelten die da vorn?
Der Schwarze von rechts zu dem andern:
»Und das alles fein abgeschmeckt!
Man könnte die Seegrasmatratzen
Verwenden, die kaum schon befleckt…«
Weiß: »Hütet euch, ekele Glatzen!
Jetzt klickklackerts, klickert es, klackt!
Das Köpflein entriegelt, entriegelt…

Jetzt wird wieder schärfer geflaggt!
Jetzt wird wieder breiter gebügelt
Und Brett gegen Brett gegen Brett!
Oh der schmetternden Pirouette...«
»Wenn« – drauf Schwarz – »*ich* das Sagen hätt,
Ich sagte nur eines, Herr! – *Jette!*«
Weiß: »Recht so! Ob dünn oder fett,
Wie von eines Malers Palette
Falle sie jäh aus dem Bett!
Mehr sag ich nicht!« – »Zigarette?«
– »Eh ich mein Leben verwett!
Sehr gern, Herzog Ernst, ich rauch Kette!
So sey ich, und sind Sie so nett
Und entfernen vom Haupt mir die Klette,
Das A schlägt den Bogen zum Zet,
In eurem Bund der Adrette!«
Sie schwiegen wie plötzlich verwaist...
Fern rief ein Glöckchen zur Mette.
Bewegt und bereichert, voll Geist,
Ermutigt verließ ich die Stätte

II

Sonett / Aus den Heften des Irren Fürsten

1

Sie schnürt sich einen Senkel
    Krach er reißt
Im Beisein ihrer Enkel
    Die Frau von Geist
Schnürt sie sich noch nen Senkel

2

Geschafft –

III

Elegie / Aus den Heften des Irren Fürsten

Wohnhaft in einem mittelgroßen lila Zelt und am geographischen Nordpol
Und mit kaputten Radios leb ich zusammen Fürst Müller der Gilbende
Der Unzucht getrieben mit dem Gerät dort das DU DING oft geheißen wurde
Voll Leidenschaft manchmal von mir jetzt gleichfalls im Eimer das piepsend sich meiner erwehrt
Und auch meine Zahnbürste ist seit längerem tot die unser drittselbiges Englein
Und quickes geherztestes Kind war Gut ich habe Erziehungsfehler gemacht
Doch daß sich die Einkaufsnetze Ich wasch mich in Unschuld so hängen lassen Daß gestern
Dein koloriertes Foto seinen Geist aufgegeben hat Du mit dem trächtigen Dutt
Die hieße sie Dora Rosa mir schön erschiene reizvollreizbar sogar oh Liane
Mit dem furchterregenden Nachnamen Poensgen und ihrem zweiten Vornamen Ruth
Dies meine Familie Über den Häuptern meiner Lieben flott fledermausartig
Und flegelhaft giftgrün das Zelt meckert Der Fürst wie er Nichten Neffen vergaß
Ach könnte ich sie vergessen drei Theekessel Töpfe die auf dem Kocher zerschmolzen
Den Kocher in der Eisspalte tief Geschenk einer Kapitänstochter Kopfjägerfrau
Westermanns Monatshefte Monat für Monat und Jahrgang um Jahrgang um Jahrgang
Einstens ausgesucht adlige monatliche Erscheinung die jetzt verkommen erscheint
Und die Reihe der Radios das Lächeln über den Pol hin in Scherben in Scherben
Seit heute nun auch der jüngste der Kästen DU DING da ich ihm eins auf das Maul gab
Doch alles das könnte erträglich sein schmackhaft sogar es ließe schwerlich mich schmolln

Wenn nicht dieses Eitrige an mir wäre undefinierbar das Eitrige wäre
Von dem ich gerüchtweise hören muß das die Expeditionen vom Pol vertreibt
Zeit einer Elegie Zeit zu kündigen wenn ihr einszweidrei abzieht
    Geschätzte
Die Gegend wechselt ob meines Eitrigen ich sehe und rieche ich schmecke
    es nicht
Neue Strapazen erduldet ob meines Gestanks ihr Nasen flügelnd nach Süden
Wenn nur das Eitrige nicht wäre an meinem hellblauen Zelt an mir und
    den Meinen
Und auch der Nordpol sei teils schon vereitert ob ichs wüßte na abgings
    nach Afrika
Ob ichs nicht selber bald das Gelbliche röche und triefen hörte tropfen
    über mein Kinn
Bis Spitzbergen hörte mans bis Murmansk bis Upsala man hörte es schon in
    Hamburg
Deshalb wandre und hetze jetzt jedes einszweidrei am Horizont hin und
    drüber
Schmetterlingssammler und Polforscher Eisbären Wetterfachleute und weg
    weg weg weg
(Wenn nur nicht das Eitrige das fatale wäre nicht wahr lieber Fürst dieser
    Eiter)
Zeit eine Elegie zu verfassen da ich schlußendlich mit mir selber allein
Zudem das Radio kaputt ist DU DING das letzte welche exorbitante Liebe
Endgültig kaputt seit siebenUhrdreißig kaputt man trage es streng auf den
    Schutt
Eitel und ekelhaft dünkt mich Liane nunmehr Dein Dutt Dein Kämmchen
    Perlmutt
Gestorben verdorben wie mißlich ach meiner Zahnbürste nach und ach
    meinen Zähnen
Und Westermanns Monatshefte sofern sie sich irgendwo treffen kein Gruß
    kein Grüßgott
Und nur noch das Notwendigste miteinander als hätt mans nicht nötig
    höflich zu scheinen
Als hätt man sich nicht mehr das Geringste zu sagen (Die so-zi-a-le Frage
    gelöst??)

Als stünde hört hört zum Beispiel die Machtfrage nicht mehr im Raum nur noch Eiter
Ah des Omnibusfahrgelds im Portemonnaie dessen rostiger Reißverschluß klemmt
Ah die Reißverschlüsse alle Das Zerrissene Mit Eitergestank hier am Nordpol
Hinzuleben als vereinzelter Fürst im Zelt dem schlohweißen wäre gar leicht
Wenn der Eiter nicht wäre, eiternd das Eitrige (Es erleuchtet den schweren Weg mir??)
Und was fliegen plötzlich die schwarzen Schmetterlinge vom Januar vierundvierzig herum

IV

Gebet / Aus den Heften des Irren Fürsten

Deine Blicke, die langen,
Rührn mit riesigen Stangen
Zoll für Zoll, Zoll für Zoll
Hier das Menschengewimmel,
Erster Koch Du im Himmel!
Die Suppen (dünn-, dicken?),
In die wir uns schicken,
Ja, rühr sie! Und rühre
Auch den Troll dort, den Troll!
Ihm nimmer, Herr, schmoll!
Stets *keep smiling*!, wie toll
Ers auch treibe, *keep smiling*!

V

Für Edgar / Das Lehrgedicht aus den Heften des Irren Fürsten

Geheime Schicksalssilbe RI, *wen* macht sie wild?
Wer, wenn er solch ein RI hört, schwankt, ja, wirkt zerknittert?
Jetzt wißt Ihres: Edgar Schmoll! (Ich hab mirs eingedRIllt!)
Die meine lautet... Daß es Edgar nur nie wittert!
Geheime Schicksalssilbe, wie sie allen uns

Von höhren Mächten (irgendwelchen) zugewiesen!
RI ist die Silbe Edgars, meint nicht Hinz und Kunz,
Hört er ein RI, muß er sogleich erschütternd niesen,
Falls ihm nichts Schwärzres dank der Silbe widerfährt,
Ein Herzinfarkt vielleicht, Koliken – RI, RIff, RItze!
RI ist die Silbe, RI, die Edgars Alptraum nährt,
RI, Schwert des Damokles, RI, flinken Giftpfeils Spitze...
(Kunstmaler Wilke wars, der mir es anvertraut,
Mein Bettnachbar und Freund, Verehrer meiner Dichtung,
Auf Wilkes Rat hin gRÜß ich Edgar dreifach laut:
»ArRIvederci, Doc!«, und das in Edgars RIchtung.)

Die Schicksalssilbe RI, auf den sie sich bezieht
– Für andre mag es BLU sein, wies in BLUt sich findet,
SCHMEL wie in SCHMELzen, doch für Edgar ist es RI,
Wie es in RIebbeck aufscheint und in RInd erblindet –,
Ihn mag sie, wenn man Glück hat, *morden*, ihn allein!
Für Edgar: RItschratsch!, den Verächter meiner Reime.
Für Edgar, Sommerhausbesitzer (!!!), Superschwein,
Zweiten Direktor der Klinck-Schmollschen Pflegeheime:
RIalto, RImini, RIenzi – tut das gut! –;
Ertönen solln ihm, welch REvival, aus der RIlle
RIxdorfer Musikanten fRIsch und frohgemut!
RI–RI–RI–RI–RI–RI! So heißt mein letzter Wille.
RIpost!: RIpengpengpeng!, so knallt mein Schützenfest.
Zermorscht bei BlumenRItornellen Edgars RIppe?
Daß Du nur fleißig bleibst und niemals locker läßt!
Blutlos und blau wünsch ich mir Edgars feige Lippe –

Dies ist ein *Lehrgedicht*, ich hoff, man merkts am Platz...
Lern, Bruder, zuzustechen mit der Silbe! Lerne –:
RInaldo RInaldini! RItter! RIngelnatz!
Wie lang noch, armer Edgar, PsychiatRIe, aus Herne
(MauRIce und Max und MoRItz, RIfifi!!!, zu mir!!!),
Vor allen Wörtern zitternd, die mit RI beginnen,
Wie lang schmeckt Ihnen noch Ihr WernesgRÜner Bier?

Ich bin gespannt – oh RIeselfeld, URIn, verRInnend! –,
Ob er, Ihr Tod, RIgid kommt, RÜstig... RIdi-kühl?
(Noch dutzendweise RIs halt ich für Sie in petto!)
Wird Ihnen, Edgar, nicht bei RÜbezahl schon schwül?
Wie erst bei RIngeRInnenRIege, RIgoletto?
Bei RIstornieren, RItus, BRIte, RHIzinus?
Beim RIng von RIchard Wagner, aufgeführt als Posse
In RIo de Janeiro *(portug.: Januarfluß)*,
Der »dRItte Weg« lockt? –
Man erspare mir die Glosse!

Ha! RIs in »pRIma hingetRImmt« und TRIctrac, hi!
RIesengebirges RI, ho, dies besonders fette!
Das RI aus Radebeul, Kara Ben Nemsis RIh!
RI in TRIstesse!, in TRIp, TRImalchio, TRIolette!
Ha! TRIpper, kombiniert mit hoch gRIppösem GRInd!
Ha! TRIllerpfeife eines Bobby, stRIkt, im ThRIller!
(Im KRIppenspiel der ChRIsten RIts gleich lindem Wind –)
Die vielen RIs im Lebenswerk von FRIedRIch Schiller!
RI in Radieschen – nein, nun dies gerade nicht! –,
In Kaßler RIppenspeer, Rainer MaRIa RIlke!...
Hier kann man sicher gehn, daß Edgar sich erbRIcht
(Er hats erlebt, von dem ichs weiß: Kunstmaler Wilke)
Und RIndfleisch, RIesling, Pudding schRIll nach draußen würgt.
Rainer MaRIa RIlke!!! – muß ihn niederrammen
Zu einem Bündel Elend (Wilke, ders verbürgt);
Ein Verslein mehr des Werks hier –
Edgar bräch zusammen!

VI

Haiku / Aus den Heften des Irren Fürsten

Hier mein Sprengköpflein
Tick tick tick tick
Und Danke für alles

Mitteilung an die Presse

Dort diese poppige Pumpe / Die pumpt mir die Pumphosen / In die Gemächer herauf / Und pumpt mir den Pomp hoch / Pro Tag *X* Plätter Papier / Für all die propren Gesänge / Und zwei Mal wöchentlich Paula / Mich auszupumpen bis hier

Brahms

Nach einer diesbezüglichen Prosa
in einer Jugendzeitschrift

1

Seine Kunst – ja, man kann sie wohl ein wenig schwerblütig nennen! Eher etwas für Menschen, die schon einige Zeit auf dem Buckel haben und das eine und andere auf dem Kerbholz und Kasten! *Vor allem sei in diesem Zusammenhang der vier gewaltigen Symphonien gedacht!*

2

Daß wir uns Brahms fast immer mit langem und außergewöhnlich weißem Bart vorstellen, will gut dazu passen; sie dünkt uns vortrefflich, Brahms' Wahl seiner Barttracht. Die Wette darauf: *Begegnet man irgendwo einem Bildnis des Komponisten* in Zeitung, Journal oder Büchlein, *trägt er mit Sicherheit wieder den weißen Bart.*

3

Schwer vorstellbar nur, daß er auch einmal jung gewesen ist und vollkommen bartlos!, der doch in Hamburg in mancher Popgruppe mithielt. Das ist der Brahms der Roten Laterne, *der Brahms in Sankt Pauli, wo die Matrosen sich einen lustigen Tag machen.* (Nacht für Nacht Brahms...)

4

Der trotzdem keine Ehefrau fand; blonder Jüngling damals, blauäugig, schick – *aber die Geldbörse* mager und mickrig! *Irgendein Menschenkind an sich zu binden* bei solchen Pfuinanzen!? *Da blieb man besser allein. Deshalb ließ er sich auch schon frühzeitig diesen Vollbart wachsen,* Luise!

5

Eigentlich paßte er gut zu Johannes Brahms, der Vollbart, nicht allein nur zu seinen Musiken. *Denn,* wirklich, *er konnte,* und war berüchtigt dafür, *verteufelt kratzbürstig sein* und ungeheuer gemein. *Aber vor allem wenn er* mürrisch und maulend *seinen vier Symphonien nachhing, war er nach außen hin fast wie ein Igel* mit Vollbart.

6

Aber gewiß doch, Luise, *kann man ihn liebhaben,* sehr sogar, das wissen vor allem die Kinder. *Den Mädchen band Brahms allzu gerne die Zopfschleifen auf, den Buben die Schlipse aufzubändeln* war geradezu seine Spezialität. Indessen, *die Kinder des Salzkammergutes liebte er ganz besonders,* die riefen wohl oft:

Onkel Brahms, Onkel Brahms,
Noch ein Tröpfchen süßen Rahms?

7

Wenn Brahms guter Laune war und die Kammermusik nur so fetzte, tat er sich Schuhwichse in den Vollbart (da er unverheiratet war), vorzüglich die untere Partie, und ein Glanz ging von Brahms aus, den er erst viele Wochen später mit seiner Kratzbürstigkeit wieder herausbekam.

8

Kaum anders zur Osterzeit: Eigelb, auch ganze Eier, *besonders* die Eierschalen quetschte er sich ins Gesicht, die gute Johannisbeerkonfitüre dazu! Ei, seht, *Onkel Brahms, Onkel Brahms! jubelten da die Kinder* und klatschten laut Beifall. Wie er das durch den Vollbart hindurchkriegte, leicht war das nicht!

9

Solange ihm nichts in die Quere kam, war er eigentlich einigermaßen erträglich.

10

Und doch vermißt man das Kinderlied bei Brahms zwischen all diesen Symphonien, Knalltüten, Knallbonbons, Knallbeeren, Kammerkonzerten, Violinen, Klavieren; gleichsam *als Ausgleich* zog er mitunter ein verschlagenes Volkslied aus seinem Vollbart – und schloß seinen Vollbart wieder ebenso unverhofft bis zum nächsten Mal Volkslied:

11

Guten Abend, gut' Nacht, mit Rosen bedacht,
mit Näglein besteckt, schlupf unter die Deck!
Morgen früh, wenn Gott will, wirst du wieder geweckt,
Mor-gen früh, wenn Gott will, wirst du wie-der ge-weckt.

Imaginärer Hunsrück

»Aus Asche das leblose Land.
Sand,
ein meergraues Aschenland.«

Erich Arendt: Verlorene Bucht

I

der wind tanzt sich heiß
scharf die hundertsträhnige peitsche der sonne
jagt ihn im kreis
tote erde wie asche weiß
einst fruchtbares land
schwarz zerbröckelnde wand
stein zerstrahlt stein strähnt stein
einst rankte sich wein

ich schließ meine augen
ich schließ mich tief ein
unter mein lid meine wimper
sandkörner fallen verbrannt
über fuß über wange und hand
tödlicher sand

wo unter buchen der ziehbrunnen stand

II

polarwind klirrt heiß
ho die hundertschaft jodelnder sonnen
jagt ihn zum kreis
tote erde wie asche weiß
(wo der schnellimbiß stand
FAHR VW an der wand)

stein zerstrahlt stein strähnt stein
(hier gabs gänseklein
        wiener würstchen und saure drops)

ich schlitz meine augen
wegschließ ich mich ein
schließ ich mich unter die wimper
schrottdünen wandern querland
über fuß über wange und hand
blech wellblech sand

wo unser lohnender schnellimbiß stand
ein bein zwei bein
dein

Stimmungsbericht

Glasklar war mir heute, als ich erwachte, diese von Tag zu Tag größere
Ruhe geworden,
Mit der ich die erste Zigarette noch vor dem Frühstück mir dreh auf dem
Schlafanzugknie,
Glasklar die Sanftmut, mit der ich die mitternachts aufgeblätterten Journale
Weltpoesie
Am Morgen stets ungelesen zurücktrag zu ihren Literaturen auf den
Zeitschriften-Borden;
Glasklar ist es mir geworden, weshalb ich seit kurzem so schreibe, penibel,
doch unbedacht,
Es pünktlich zu tippen beginne, das Unbedachte, tagtäglich um Viertel
vor acht,
Glasklar, weshalb ich den betrunkenen Morgengast, der mich »käuflich«
hieß, nicht aus dem Raum hinausdrängte,
Später das Fenster wischte, es sorglich festhakte, dann das schiefe
Joyce-Foto ordentlich hängte;
Die erstaunliche Unangefochtenheit jeder Bewegung, ihre
Gewichtslosigkeit
– Die Löcher in meinen Gedichten zu schließen, glasklar ists geworden,
bleibt nicht genug Zeit –,
Glasklar war mir heute, als ich erwachte, die Ruhe in mir, die glasklare
Ruhe geworden:
Wir wachsen hinüber, wir alle, getreulich und fleißig, ins morgige
Morden.

Der schwarze Sergeant kommt

In Memoriam Alfred Andersch

Herab durch die Kirschbaumplantagen – und Büschel, Hunderte, roter
Kirschen streiften sein Bürstenschnitthaar –
Kam ein riesiger Neger gestolpert, in seinen Händen auseinanderstäubend
so Ginsterhaftes, so Gelbes,
Aus der Sandgrube was oder Sägespäne, Goldgelbes. (Es sind
siebenunddreißig Jahre danach.)

III
Immer wieder was Neues

HUNDSTAGE: –//– Nackter Kies in grundgespreizter Pupille, kurzzüngig interpretiert – doch wem sage ich das?

Immer wieder was Neues

Erst gestern die irre Geschichte mit dem BIG BANG
(Das hätte man sich ja eigentlich denken können
Daß sowas wie unser Universum per UR-KNALL entsteht)
Jetzt wieder (als wäre das Nichts) die Benachrichtigung
Über die kürzliche Umpolung unserer Pole
(Vom END-KNALL falls noch Zeit bleibt gerne ein anderes Mal)
Vor kaum achthunderttausend Jahren und etwas
Soll das passiert sein Ach immer wieder was Neues
Nein wirklich Elke ich halte es fast nicht mehr aus

Advent im Teutoburger Wald

1

Ja natürlich hatte auch Bielefeld von einem bestimmten Tag an seinen MÄRCHENWALD in der City und den haargenau dazu passenden Schneefall vermutlich vom Hermanns-Denkmal herunter oder Himmel herab

Und ebenso wenig fehlte in ihm neben anderen wohlvertrauten Gesichtern aus den Werken der Brüder Grimm das bleiche Kunststoff-Schneewittchen mit seinem bekannten glasermeisterhaft wie auch poppig blitzenden Glassarg

Mensch janz wie am Alex Kiek ma Schneewittchen stieß man sich gegenseitig adventsmäßig an also eher gerührt denn belustigt und weniger gerührt denn besinnlich gestimmt und nachdenklicher über das alles

Da man zum CLUB INTIM zu schreiten verführt war von lieben Kollegen und Abend für Abend jedes Mal neu geschockt beim Heimweg über den Weihnachtsmarkt *Kiek ma Schneewittchen is ja janich mehr da*

2

Die Suche nach Schneewittchen endete binnen kurzem stets vor dem Schaufenster einer Metzgerei nur zwei Ecken weiter und kaum den zehnten Teil eines Werst vom Märchenwald Frau Holles und ihrer Schwarzen Gesellen entfernt

Eins-A lebendig wirkend dank unentwegt kreisender Lichtpünkteleien der Sarg mit dem Aufkleber BITTE NICHT STÜRZEN und sicher bewacht von vergitterter Schaufensterscheibe und einer Alarmanlage ergrünte Schneewittchen

Abgestellt (eine Vorsichtsmaßregel) zwischen Hausmacherblutwurst westfälischen Schinkenröllchen Schweinshacksen Schmalz auf des Fleischers Verkaufstheke ganz in Reichweite Hackmesser Fleischwolf und Beil

Na jut oder besser Okey Aber alles was recht ist Bei uns am Alex in Berlin/DDR wäre Schneewittchen wie jeder Berliner der Hauptstadt bestätigen wird zweifellos abgestellt worden im GUTEN BUCH und nicht mitten in Sülze

Es geschah in Berlin

1

Ja, Seesack!, Seesack!, welch ein Ausdruck! durchfuhr es
    noch kürzlich einen am Donnerstagabend
Welcher an mehreren *Worten zum Sonntag* gleichzeitig
    arbeiten wollte zur Nacht.

2

Dreier Seesäcke Eigentümer, begriff er, sind selten!, wie
    er doch einen stiefeln gesehn hatte jüngst,
Satt geworden wohl schon seines Kleeblatts von Seesäcken
    jener stumme Matrose...

3

Einen Salzwasser-Drink!, Helene!, sofort!, befahl man zur
    Küche hin, ehe man ausstieß:
Aufs Tapet gebracht den Matrosen am folgenden Sonntag!
    Schlußsack!, ja, welch ein Seesatz!

Inschrift

Dunckerstraße 18 Hinterhof / *HIER* HERRSCHT KEIN FRIEDEN –//–
Von neunzig Mietern niemand / Der es wegzuwaschen wagt –//–
Hier herrscht *kein* Frieden

Verkommenheits-Blues

1

Der Dichter Sascha Anderson,
Hier vorder-, dort hintergründig,
Der Geistesfron, der Fron zum Hohn
Schlürft Schnaps selbst aus dem Mikrophon;
Man sehe es kurz oder bündig:
Sascha wird überall fündig...
Apropos:
Aber neulich wars *meiner*, verdammt!
Sieben Doppelte insgesamt!

2

An mehr abgelegenen Plätzen,
Ich darf ausnahmsweise mal petzen,
Saugt ihn Sasch' gar aus Pfennigabsätzen
Der Meisjes, der Muttis, der Metzen;
Die Häufigkeit läßt sich nur schätzen...
Apropos:
Aber neulich wars *mein* Korn, verdammt!
Dreizehn Doppelte insgesamt!

(1982)

....

DER NACKEN IM JOCH der Privilegien ach
Wie der eine der Füße im Giftschrank

Der Betriebsausflug

1

Diese Stampfkapelle plus Geigen
Plus sporadischem Bockbiergenuß
– Die Wälder stehn schwärzlich und schweigen –
Und immer der nämliche Stuß:
Ay, ay, ay, Maria,
Maria aus Bahia …

2

Überm Tanzsaal hängt meine Kammer,
Bis im Dachbalken duhn, Saus und Braus
– Ists Gejodel, ist es Gejammer? –:
Ay, ay, ay, Maria!
(Die Dienstwaffe, kusch, bleibt zu Haus!)

3

Auf ratlos zerbrechenden Bänken
Nun auch ich – und noch wächst es, das Faß! –,
Wo zehn Kerls ihre Damen tränken,
Ay, ay, ay, Maria,
Begeistert und grünlich bis blaß …

4

Ay, die fleißigsten Säufer baden
Längst in Pfützen Gegrunz; Fluch um Fluch,
Ganze Tonnen Kraftfleisch samt Maden,
Ay, ay, ay, Maria,
Kotzt der Ausflug in Teich und Tuch.

5

– Oh pfui!, mein Kostüm zu beschmutzen!
– EINE Leiche im Keller genügt!

– Wer hilft mir das Lenchen verputzen?
    – Ay, ay, ay, Maria!
– Die Partei weiß genau, wann sie rügt!

6

Und wenn ichs aufs Erbe ausdehne
– Und ich tu's, eh der Staat mit mir zankt –:
Ist's 'ne niederländische Szene,
    Ay, ay, ay, Maria,
Unsrer Oberlausitz gedankt!

7

'S ist 'ne niederländische Szene,
Wie von Breughel dem Ältren gemalt;
Ich sitz auf dem Schoß jener Lene:
    Ay, ay, ay, Maria,
Ob das der Betrieb alles zahlt?

8

Kreischt ein Weib: »Kiek ma, DER *hatn Hammer!«*
Heult ein Mann: »Welches Schwein hat mein Geld?«
Unterm Bauch eine Fahrradklammer,
    Ay, ay, ay, Maria,
Irrt ein Spitz durch die Welt, bellt und bellt...

9

Verstimmtes Klavier, schrille Geigen –
Und noch stundenlang auch nach dem Schuß!
Ja, lauter noch dreht sich der Reigen
Trotz des Damenleichnams im Bus:
    Ay, ay, ay, Maria,
    Maria aus Bahia...

Na, hoffentlich jibts keen Verdruß!

Für acht Groschen Hefe

1

»Das Herangehen an die junge Literatur und die Meinungen über sie«, sagt Dr. Ingrid Pawlowitz in den WEIMARER BEITRÄGEN 9/82, »gehen«, hat sie gesagt, »auseinander«; oder geschrieben. – Das Herangehen an die Literatur geht von Tag zu Tag *mehr* auseinander, Madame!

2

Aus dem Geschiebemergel tritt im gleichen Berichtszeitraum mit seiner Händelwurz der teilweise pollengepuderte Ornithologe hervor, welcher in Gabelschwanzraupen und Tropfsteinhöhlen vernarrt zu sein scheint. – Den Redakteuren der WEIMARER BEITRÄGE war das durchaus bekannt!

Memoire

Buchstützen, steil stehn sie da (unverrückbar?); die Bücher stehn stramm…
»Das mosernde Dichterpack, Mensch, was haut man's nicht einfach zusamm'!«
(Kommts aus dem Fernseher?, aus dem Korridor?, unten vom Damm?)
Einhundert Bücher; die Dienstpistole; Autoschlüssel; der Kamm.

Ichkannixdafür

1

Mit dem gestohlenen Laster voll Buntmetallen nach Bonn
hinuntergeschippert – um genau zu sein, nicht Bonn im
engeren Sinn –,
Bin ich noch ganz normal 'raus, aber dann sofort von der Laderampe gefallen, und zwar mit der Birne nach vorn,
und das mit Karacho.
Seit diesem Moment bin ich Lyriker, Mademoiselle! Ja, so wird
es gewesen sein, Mademoiselle, nicht andersherum.

2

Die Essayistik, das haben Sie richtig beobachtet, setzte erst
lange Zeit später, freilich ebenso plötzlich ein;
Und zwar nach einem ähnlich peinlichen Zwischenfall in
Aschaffenburg, einer vom Wesen her nicht unangenehmen Ortschaft,
In der mir indessen die Denkmalspflege beim Mittagsgeläut aus
beachtlicher Höhe ein Brett auf den Kopf sausen ließ.*

3

Für mein Romanwerk jedoch ist mit Sicherheit die Verdiente
Fischereigenossenschaft HERINGSSEGEN auf Rügen haftbar zu machen.
– Ich kann, Mademoiselle, für das alles eigentlich nicht so
richtig dafür –, welche erst die Voraussetzungen für die
Ereignisse schuf,
In deren Verlauf ich ausrutschte wie noch nie, und zwar auf
Heringssalat, und mir tüchtig die Schnauze aufschlug...
(Oder waren es Sprotten?)

* Der Autor siedelte 1955 in die kunstfreundlichere DDR über. (A. E.)

Die Übungsperücke Ichthiander / Kurzreferat

Mein Thema heute: Die Übungsperücke Ichthiander!, außerdem die guten Erfahrungen, die mit ihr gemacht werden konnten im vergangenen Dreivierteljahr; unser Schlußresultat: Wir schlagen vor, die Perücke endgültig auf den ehrenden Namen Ichthiander zu taufen. / Um zunächst von mir selber zu sprechen, dem dank seiner Serienkopfgröße die außergewöhnliche Ehre zuteil wurde, Ichthiander speziell im Windkanal der alltäglichsten Lebensumstände zu erproben, zum Beispiel an Badestränden, doch auch unter Platzregentraufen: / Ein Meisterwerk wahrlich – mein Urteil steht fest – diese Schockfarbenzweitfrisur, dieser Lockenpudel, wie für die Ewigkeit dem Schädel des Trägers (fachmännisch: Trägerschädel) übereignet mit maximal dreißig künstlerisch aus der Kopfhaut herausgezwirbelten Schlaufen! / Verknötelt dieselben im sogenannten Test-Scheitel-Pudding aus ausschließlich nordischem (mecklenburgischen) Schnitthaar, wie man es ausdrückt; verknöspert (verknauzt) dasselbe mit Tausenden von kleinen und kleinsten Mikroprozessoren (eßbar); *na, ein ganz schöner Haufen . . .* / Ich als Repräsentant der klassischen Serienkopfgröße versichere Sie, daß diese verästelte Konstruktion bei Ausflügen in die Gefilde des Ladendiebstahls sich ebenso phantastisch bewährt hat wie etwa beim Liebesspiel mit seinen zahlreichen Situationen zum Sich-die-Haare-Ausraufen! / Ichthiander!, darf man ausrufen: lebenszugewandt, strapazierfähig, dankbar!, kurzum: das geeignete Vorbild, diese beglückend stabile Perücke, für unsere jungen Menschen; inclusive die Jungen Autoren, wie sie sich oft noch – statt die Heimat zu lieben – am liebsten besaufen. / Sodann: Der Kalorienreichtum der Übungsperücke, welche bei längeren Durststrecken auch als Eiserne Ration ihren Mann zu stehen vermag, ja, geduldig gewrungen, einen gar nicht so üblen Fruchtsaft absondert (Nachfragen zwecklos!, Ichthiander kann man nicht kaufen!) / Indessen, als Schnäuztuch, wie es beobachtet wurde, sollte Ichthiander nun wirklich nicht dienen dürfen, Kolleginnen und Kollegen!, die in der Regel Daumen und Zeigefinger besitzen, um zwischen *diesen* den Rotz, wenn einmal Not am Mann ist, in die Welt 'rauszuschnaufen... / Oder?

Nulluhrdreißig //

Die Glatze gleißend wie in Mitten eines Schreis verstummt; / wir andern wie in unsrer greisen Haartracht fehlvermummt; / elf zerre Herrn die vorvorletzte Fracht der Zweiundzwanzig; / und bald schon nur noch einer... // »Gar kein Grund gelähmt zu sein! / Wie Anfang dieses Jahres Siegfried Mahler, der vom Kabarett, / im ›Sonntag‹ schrieb: BENUTZEN WIR DEN ZUSTAND DES ENTSETZENS / UM *NACHZUDENKEN!*«

Unterm »Großen Wagen«

1

Oh, und dort kreist der GROSSE WAGEN!
Er stürzt? Nein, so *sind* schiefe Lagen!
– Vielen will ja derlei behagen*;
Nur muß mans nicht weitersagen –.

2

Er kurvt eher kühl als zu munter
Seit Neujahr den Himmel hinunter –
Kein Sternbild meints *titrallazunter*!
(Okey, der Broadway wirkt bunter.)

3

Gesummse, noch leiser als Bienen,
So fährt er in duftigsten Schienen!
(Mit noch mancherlei Reim kann ich dienen:)
Er rutscht wie auf Apfelsinen!

4

Dann, unsichtbar, hinter den Bäumen –
Man hört ihn durchs Blattwerk hinschäumen?
Ein Elch kommt!, so könnte man träumen,
Ein Nilpferd, schwierig zu zäumen!

5

Den Sachverhalt gültig zu klären
(Wer lebt gerne im Ungefähren!),
Spricht in *diesem* Fall ohne Zähren
Der Bürger vom GROSSEN BÄREN!

* Unter Umständen Koprophagen.

6

Kurz darauf wieder GROSSER WAGEN
– Und ich bitte, mich nicht zu erschlagen! –,
Drehts dir Hals und Genick aus dem Kragen:
Im Nu in den schiefsten Lagen…*

* Soeben beginnt es zu tagen.

Das Erlebnis Hermannsdenkmal

Oldsmobile,
Chevrolet,
Pontiac,
Cadillac,
Buick.

– »Salmiakpastillen?« fragte die Friesenfrau, die uns nordostwärts zum Hermannsdenkmal kutschierte.

»Salmiakpastillen«, hieß es scherzhaft retour, »Salmiakpastillen im Cadillac, reimt sich denn das?«

Welch eine Löwin der Landstraße, Top-Hyäne der Highways, das mußte der Neid ihr schon lassen.

(Ob wir das Hermannsdenkmal auch niemals erreichten): Ach, kaum war das Bauernfrühstück halbwegs verdaut,

Wurde das fünfte schon, sechste zu langsame Auto risch von der Fahrbahn gefegt, als wär's Pappe...

Ihr Tempo beschleunigend, brauste Luise faktenreich weiter: »Das war er, der brandneue *Chevrolet Citation*!« erklärte sie uns, »ein fabelhafter Wagen!«, fauchte die Friesin aus Frankfurt,

»*Sehr* geile Sache das!« (Die Hinweise auf den sparsamen Treibstoffverbrauch empfanden wir freilich als Stilbruch.)

Dann nach dem Fauxpas mit der angefahrenen *Radlerin* schrie irgend etwas in ihren Augen nach Trost...

– »Affengeil«, so glaubten wir uns in der Landessprache artikulieren zu müssen und taten's.

Luise: »Mein Gott, ein *Ford Granada Topas*! Mensch, daß der uns nur nicht entwischt! *Die* Intensiv-Metallic-Lackierung!«

– »Aus dem Morast«, erwiderten wir, »erblühet der Lotus! so lehrt es der Meister von Poona... Und das haben wir immer gewußt!«

(Kühe, schwarzweiße Kühe Rudel um Rudel, welche uns die Wendung zum Erhabenen anstreben hießen.)

– »... *Citroen Visa Zwei Spezial!* Doch zuerst der *Topas*! Das wär' dann mein neunzigster Crash...«

Er war uns entglitten, indem er sich unter die Kühe gemischt, und durch die Wiesen entkommen;

Wupperwärts... »Ein Motor, wie Sie inzwischen bemerkt haben dürften, der wahrhaftig kein Langweiler ist!

Metra Simca Bagheera und *Austin Allegro* kämen eventuell als nächste in Frage!«

Es war um ein Haar nur, daß wir einem bösen Auffahrunfall entgingen; nur ein hauchdünnes Haar...

Als Dankesgabe (vielleicht zu minderen Ranges), dem Dämon der Highways gezollt, verlor'n wir paar Schrauben,

Irgendwelche!, beim Passieren der beiden Leichen – viel Knochensplittriges, Hirn als Grütze, Blut, Blut –,

Indes die Friesin, nur 'mal kurz mit den Fingern schnipsend, die *beteiligten* Automarken hervorhob:

»*Lada Niva*, der ›kleine Kraftkerl‹ genannt!« wies sie liebevoll schmunzelnd auf das Wrack auf dem Grünstreifen hin;

»Aber *der* dort, kennen Sie den schon? Das ist das ›Plus-Plus-Auto‹ *Mazda Sechshundertsechsundneunzig*!

Das Verkohlte im Kohlfeld jedoch scheint nichts als der *Fiat Einhundertsechsundzwanzig* gewesen zu sein,

Auch als ›Tolle Kiste‹ bekannt wohl, naja...« Wir kauten Salmiakpastillen und schwiegen uns aus.

– Und am Horizont Bielefeld, MEISTERLEINEN VON LEINENMEISTER, dem ich so vieles verdanke:

Sechs von den zwei Dutzend Lichtspieltheatern Porno-Kinos, *ausgesprochene* Porno-Kinos (Hardcore),

Da in der Hälfte der andren, was einen als DDR-Bürger alles so interessiert!,

Unausgesprochen Porno um Porno herunterjodelt, -jammert, -juchzt, -stöhnt in den Zuschauerraum...

»Du willst wohl schon wieder nach Bielefeld?« (Meine Frau!) Ich war *doch* in den Sex-Shop gegangen

Und hatte das Necessaire mit den fünf so extrem verschiedenen Penissen aus Kunststoff gekauft:

»Billig! Nur siebenunddreißig Mark sechzig die fünf!... Als Wandschmuck für mein Arbeitszimmer... okay?«

Doch man wollte zum Hermannsdenkmal, zum Hermannsdenkmal hinauf, und Bielefeld blieb links liegen... –

Oldsmobile,
Chevrolet,
Pontiac,
Cadillac,
Buick.

– »Übrigens, ich fahre jetzt meinen siebzehnten Wagen! Besser umgekehrt: Der Wagen fährt mich.

Wie soll ich es ausdrücken? Na, so ein Speed-Freak bin ich der ärgeren Art, dem Ding *fast* verfallen!

Ach, FordGranadaTopas«, stöhnte sie. »ach, HondaAccordVierDeErr! CampariWasSonst!

Ach, DatsunCherryEffElf! Trabant! Ach, FiatEinhunderteinddreißig-Mirafiori!«

– »Fiat*Super*mirafiori« erwiderte ich generös, und »DatsunEinhundertvierzig-Jott!«

Ich sagte: »DeTomasoPandera«; sagte: »FiatPanda«; ich sagte: »LanciaBeta-Zweitausend-

ChevroletBlazerComodoreOverdriveBerlinaToyotaCorollaLiftback-deLuxe...«

Zwei Restfinger hier an der Linken – welch sagenhafter Glücksfall für den entschiedenen Rechtshänder doch! –,

Zweieinhalb Stunden später winkten sie abschiednehmend Luisen zu/nach; zerstückt die Blondine,

Wurde sie vorübergetragen von weißbekittelten Männern (und ordentlich auf drei Bahren verteilt);

Der mittlere Klump konnte sprechen und sprach zu uns beiden herauf – oh strubbliger Rotkohl statt Lippen –:

»...lllsssmmmplllschwwwrrrlllpkkkBuick...« – Na, immerhin! Das war schon 'ne Leistung!

– »Seien Sie unbesorgt!«, ließ ich mich tröstend vernehmen; im gleichen Sinne meine unverwundbare Frau:

»Keine Bange, Verehrte«, zischelte Ruth, »›BILD‹ KÄMPFT FÜR SIE!!!« Um gleich darauf mich, den Verf., zu ermahnen:

»It's Sherry-Time, Darling!« – »Stauder-Pils, die ›kleine Persönlichkeit‹, wär' mir jetzt lieber…«

(Ich bin Rechtshänder, wie gesagt.)

Winterreise

Zweifellos Seeblick (Ach wir hatten uns solche luxuriöse Bleibe mit einem Leben voll Kummer redlich verdient) Aber auch zweifellos ein verwitterter Seesack zwischen den Strandkörben drüben im Schnee – // – Übrigens hatten wir vom Hermanns-Denkmal wie auf ein geheimes Signal hin seit Wochen ganz einfach kein einziges Wort mehr gesprochen Das Hermanns-Denkmal war für uns alle vollkommen tabu – // – Zweifelsohne (ach schau doch Louella) ein Seesack ein übereitriger frühzeitig geafterter Seesack im wirbelnden Schnee eine Schneewehe rings um den tapferen als Geschenk der rauhen Natur – // – Welch ein Gleichnis

Frau Holle

I

So zu sein wie die Briefträgerin mit ihrem unbelehrbaren Gärtnerinnengeruch ein Satansbraten ein Prachtweib / Und mit dem verschiebbaren Dachziegelbruchstück im Mund als Herzstück falber Prothese das ihr das Posthorn ersetzt / Ja der Kollegin mit der düpierenden Doktorarbeit dem Postmotiv im Deutschen Volkslied gewidmet Frau Ursula Holle / Nach wie vor willens den Hinterhöfen ihr Nahen rechtzeitig anzukündigen durch stimmungsvoll strammes Signal / Ach man muß sie gehört haben wenn sie die Prenzlauer hinauftrararat kommt die Frau mit den Fransenhautlippen / Und man muß sie gesehen haben wenn sie – und es splittert das Dachziegelbruchstück – aus Bauchtiefen zweiteilig lacht / ZettBeh da sie Brief um Brief plötzlich hoch in die Luft schmeißt und für ein Weilchen herumflattern läßt nee Frau Holle / Sodann mit dem läusekammgleich gezähnten Dachziegel wieder herbeiflötet und beglückt sie hineinzwitschern sieht / Briefe der Leidenschaft Ausschlußbescheide diverser Verbände auch gebrauchte Papiertaschentücher / In die Postkastenklappe J-KAEHLER-A-ENDLER ... Dies alles von hohem postalischem Bewußtsein geprägt

2

Wie kaum anders dann und wann ihr laienkünstlerischer Auftritt bis zum Bauchnabel gilb in HILDEGARDS BIERBAR / Rasch hat Hildchen das Xylophon unterm Tresen hervorgeholt Uschi rascher noch ihr Blasinstrument aus dem Mund / Aus der oberen Zahnreihe zog sies Und flupp juppheidi lostanzt im Nu zum English Waltz der Postbotin Tasche / Klingklirreling von einer Bierpfütze in die andere und im Rundtanz von Hand zu Hand und wieder den Tresen hinauf / Allzu pingelig darf man in seelischer und körperlicher Hinsicht nicht sein in der Reichweite unseres Duos / Eben noch

Kunst und Foxtrott stachelt nunmehr Frau Holle zum Herumgekrakel auf fremden Ansichtspostkarten an / Aber so sind sie die Mittel mit denen es der Briefträgerin seit Jahren gelingt das Viertel bei Laune zu halten / Sie die es selber nicht leicht hat und aufgrund des Einblicks den sie sich allmählich verschafft hat recht gerne von Blausäure träumt / – Herzliche Grüße von *U* einer viel zu breitformatigen viel zu hochgeblasenen doch unterfrankierten Menschheit – / Dann aber scheinbar putzmunter klammert die Lippen sie sich auseinander und zeigt auf ihr Dachziegelbruchstück und lacht / Lacht und lacht und läßt bei jeder Witterung für uns anderen alle deftig ihr Dachziegelbruchstück erklingen

3

Schließlich *eins* wirft den Letzten um ihr Triolenpfiff bei der Ankündigung eines sogenannten *geöffneten* Briefs / Äh Sie wissen Frau Holles sagenhaft sichere Nase für den Filzgeruch fasrigen der ihm vorausbebt / Rausschwebt der Schläue zum Trotz mit der so ein Brief leicht nachgesalzen auf verletzende Art wieder zugefegt ward / Briefschaften denen sie stets nen belustigten übervertraulichen Klaps gibt wie ähnlich deren Empfängern / So einen AprilAprilHieb daß das Datum um Tage verrutscht und die Briefmarke ängstlich Pipi macht / Und der Absender in seinen Angeln ordentlich schief hängt und der Fußboden ungewachst verwahrlosen möchte / *Bitteschön* sagt Frau Holle in berlinischer Mundart *Alles wieder geradegerückt Alles plongplong* / Wie es sie doch das Ansehen ihres Berufsstandes immer wieder zurechtzurütteln geradezu hinreißt / – Welche ganz nebenher nach Salatpflänzchen riecht wohl auch nach Stangenrhabarber und einem Eins-A-Kompost – / Ja unsere Briefträgerin in all ihrer Ungeheuerlichkeit und mit dem Dachziegelbruchstück im Mund Eine unserer Besten / Leider in festen Händen bereits und seit Jahren verlobt – mit den Ziegeleiarbeitern Gebrüder Grimm ja ganz recht

4

Daß kein Fuß je bei Seite sie rolle
Frau Holle Frau Ursula Holle
Die lebt aus dem Vollen ins Volle
Daß kein Fuß je bei Seite sie rolle
Ach heimwärts ins Land der Trolle
Mit Ihnen Frau Ursula Holle
Ach heimwärts zur Schafschur und Scholle
Ach heimwärts ins Land der Trolle

Geständnis

Mein Messer die Klinge eingefettet mit Angstschweiß und Smog das zu
streitlustig blödelt und blitzt
Zusammenklappbar wie DreiViertel dieses strikt lebensfroh lachenden
Lands nach NeunzehnUhrfünfzig
Um es recht scherzhaft zu sagen … – Nicht nötig mich nächtens wie
Gabi Eckart rumms niederzuschlagen –
Ich risse mir wenn es drauf ankäme falls ich sie hätte doch neunzig Beine
aus für den Quark

Lied des Regiments Latrinell

(Gesungen nachts um drei in der Dunckerstraße 18;
Dritter Hinterhof rechts viereinhalb Treppen:)

1

Wir wir wir ja und wir die Magermilchinfanterie die sich immer weiter ins Hinterland zurückstöpselt einszweidreivier stöpselt und stöpselt sich frei von künstlichen Zusätzen immer weiter zurück ins Hinterland schier die Magermilchinfanterie des Heimatlands Zier liberal elastisch mobil tolerant elegant das Regiment Latrinell wenn es vorbeizischt geschieht das in der Regel recht schnell – // – (Kehrreim:) *Frau H. duscht immer nach den Lottozahlen*

2

Manchmal scheint die Uhr des Lebens stillzustehn Wir stöpseln uns weiter zurück *Manchmal scheint man immer nur im Kreis zu gehn* Wir stöpseln uns weiter zurück *Manchmal ist man wie von Fernweh krank* Wir stöpseln uns weiter zurück *Manchmal sitzt man still auf einer Bank* Wir stöpseln uns weiter zurück mit uns die Sonne mit uns das Glück frei von künstlichen Zusätzen stöpseln wir uns mit Recht davon zu den Müttern – // – (Kehrreim:) *Klingelstreiche sollte man ohne weiteres überhören können Madame*

3

Wir wir wir ja und wir die Magermilchinfanterie die sich immer weiter ins Hinterland zurückstöpselt *sehen Sie hier* stöpselt und stöpselt sich frei von künstlichen Zusätzen immer weiter zurück ins Hinterland schier die Magermilchinfanterie des Heimatlands Zier liberal elastisch mobil tolerant elegant das Regiment Latrinell wenn es vorbeizischt hellen sich die Antlitze auf und gleich wird es hell – // – (Kehrreim:) *Laura liebt sichs am besten*

(Anm.: *Die kursiv gedr. Zeilen mit »Manchmal« aus dem Schlagerlied »Über sieben Brücken mußt du gehn« von H. Richter/ Leipzig)*

Gedenken und Mahnung

I

Das Mutterbutterbrot vom letzten Vatertag
Blieb leise liegen Und ein jeder mag
Doch Mutterbutterbrote Schlag für Schlag
In einem Birkenhain nicht weit im Dornenhag
Leis' blieb es liegen wo die Leiche lag
Ein wenig zögernd es und seltsam zag

2

Kommt wer ins Schleudern da ihm Pfändung droht
Ob man uns argen Schimpf sonst nichts entbot
Und räkeln rings sich Sauerei und Zot'
Schon winkt und seis aus tiefstem Elefantenkot
Ein Mutterbutter- Mutterbutterbrot
Nur Leichen achten seiner nicht längst tot

Kampflied

1

Tja der Hemdkragen eher was speckig / Tja das Barthaar
voll Käsebrot / Die Ohrmuscheln auch ganz schön dreckig /
Doch die Augen leuchten glutrot – // – Aeve de Oogen die
lühchten Dat is dat Wichtickste

2

Nimm die Brille ab liebe Luise / Nur näher herankommen
mußt / Gelt will auch der Hemdkragen stinken / *Rot* Daß
Du das nicht gewußt – // – Aeve dat is dat Wichtickste De
Oogen die lühchten un lühchten

Lenes Angebot / Ein Thesen-Dramolett

(Helene Knoll ein schlachtermesser schwingend in hausfraulich schmuddlig-geschmeidiger tracht aus zigarrenqualm und hintergrund resch* auf uns zu) Wa! dieses lachende messer und nelkenfarbenen messers gezwitscher wa! dieses unverbrämt breitmündig lachende messer das man längst nicht mehr aufkochen muß lieber Arthur wa! aus dem schmählich verpufften knödelwanst des hiesigen pferdeschlächters gezogen hier bitte hier bitte hier bitte hier bitte hier bitte sehr geehrte kolleginnen und kollegen wohl nicht erst seit heute nach *echten geschichten* und ein klein wenig abwechslung bei ihrem alltagstrott fragende mahamai hama hamamai yi hama mahamai hama hier bitte hier bitte hier bitte hier bitte hier bitte das in den knallkopp von pferdeschlächter zunächst nur hinein- aber schlußendlich wieder herausgedröselte lachende beutemesser yi hohnlachend aller qual wie sie literarische maßstäbe schenken mögen ob nelken- ob nudelfarben das messer yi messerchen das sich totlachen möchte yi totlachen totlachen auf dem bettelwahnweg zu dir und zu dir bitte hier bitte hier bitte hier bitte hier bitte hier bin stets abfahrtbereit –//– (Arthur Knoll eher lustlos stinkender winkeljurist für fragen des urheberrechts stiekum bei seite) Wie ist sie gewachsen Helene Knoll meine gattin im letzten quartal wir menschen wa! können stark sein wie auch Helenes lieblingsdichter Horst Bastian meint *daß wir menschen* darunter Horst Bastian *stark sein können* das können wir in der tat wa! stark sein wir menschen wo immer nur eine hinkende hand sich bemerkbar macht hinter dem allen –//– (Zu ihren häupten das kreiselgeplärr ihres messers beginnt Helene zu tänzeln zu schweben zu singen) Oh des schlächterleibs erlebt

* Jawohl, *resch*!, mit »e«, mit »e«!

bis zu den kernen mahamai hama hamamai yi hama mahamai hama / oh dies himmelsrund zu voll von kreischenden sternen mahamai hama hamamai yi hama mahamai hama / kreischendes wie es mich lenkt und drängt mahamai hama hamamai yi hama mahamai hama / schwingend wie an unsichtbaren drähten mahamai hama hamamai yi hama mahamai hama / nähmaschinen nähen nähen … *nähten* mahamai hama hamamai yi hama mahamai hama / fetzen bettzeugs in den schlund gezwängt mai mai mai mai –//– (Arthur Knoll nie noch gönner des reimgedichtes ein wenig pikiert seine frau unterbrechend) Nu mach maln punkt typisch Lenchen zu dieser tageszeit reime bereits mensch Lene was hast du dir nur wieder gedacht und es ist kaum erst viertelnachsieben –//– (Helene Knoll und das messer gemeinsam) *Nein Arthur nein es ist bereits viertelvoracht* –//– (Der vorhang falle bitteschön wortlos*)

* Eine Leistung in solcher Umgebung.

Bohrende Selbstbefragung

....

Ich rang die Hände, allesamt verschworen
Der Dichtkunst: »'S ist die Welt der Eselsohren!«*
– »Nur Mut! Kein Thema bleibe ungeschoren!!!!!«
– »Kein Thema unserer Zeit bleib' ungeschoren???
Ha, draußen bohren sie schon wieder, bohr'n und bohren**
Und hallt's wie Hagelschlag auf Plaste-Rohren ...!«
– »Es spielen Kinder, scheint's, mit eisernen Loren!!«
– »... beziehungsweise dröhnenden Amphoren!!!«
Ich hob die Hände (gilb wie die der Mohren):
»Ah Menschenheimat Du! ...«
                                        – Gewiß, zwei Toren!
(Und rings die Wunderwelt der Eselsohren.)

* In der Tat!
** Ein Schneeball soeben, welcher knallscharf vorbeiging ...

Der Bückeburger Sonetten-Wettstreit oder Der Pudding der Apokalypse

....

Und vergessen war – oh dieses blubbernde Gewatschel des Dings dort oben im Verein mit den Cumuluswolken – die während der Vormittagsstunden gerade erst gemachte Erfahrung mit dem gerade erst konstruierten *Neuen Bückeburger Doppelsonett* plus gesteuertem Satzzeichenschwund! Während die restlichen neunundvierzig Kursanten noch vollkommen ahnungslos weiterhin der schon wochenlang währenden Sonettklopferei und sonstigen literarischen Klöppelwirtschaft oblagen – und droben die wachsende Puddingschwade! –, standen ich und mein engerer Kreis von Egg-Heads längst schon erschüttert und starr... Gänzlich gleichgültig war uns Sechsen/Sieben Bückeburg und die Sonettkunst geworden – höher stieg und höher der Pudding des Unheils am Himmel –, da die anderen immer noch wie verrückt an dem Sonettreißverschluß herumzerrten (praktische kleine Erfindung von Hans Christoph Buch), zugeordnet dem von Werner Dürrson in Vorschlag gebrachten und partienweise recht erfolgreichen *Reißverschlußsonettkranz* mit dem lustigen Paternostereffekt. –//– Außer mir freilich, dem Vertreter der DDR, war wohl nicht einer, um es zu wiederholen, nicht einer, der es von Anfang an zu deuten verstand: dieses hochschwärend Auseinanderschwabbelnde, einem sumpfig zerfließenden Schwurfinger gleich; nein, kein einziger der immerhin siebenundfünfzigköpfigen Teilnehmerschar des Internationalen Bückeburger Sonettenwettstreits (IBS). Erst im Abstand von einer weiteren Dreiviertelstunde gegen den Abend hin kapierte es schließlich der Zweite, dem sich ein Dritter alsbald, sodann ein Vierter der Lyriker anschloß – jedes Mal dieser schrecklich veränderte Gesichtsausdruck!, dieses irritierende pendelähnliche Schwanken! –, endlich ein Fünfter und Sechster... Ah, zur Belanglosigkeit war in Sekundenschnelle zusammengeschrumpft der Fahrplan jener *Dreizehn Unregelmäßig Verkehrenden Sonette* Weserbergland-Bielefeld/Paderborn/Osnabrück und zurück!, ebenso wie mein eigenes KLEINES BÜCKEBURGER KLANGGEDICHTBÜCHEL (volkstümlich, herb, rustikal)! – Niemals zuvor hat es *so* viele Neuerungen auf dem Feld des Sonettierens gegeben in *so* kurzer Zeit wie beim Internationalen Bückeburger Sonettenwettstreit (IBS); die Versäumnisse mehrerer Jahrhunderte, in Bückeburg wurden sie wettgemacht, und in ganz großem Stil ..... Ach, vergessen das alles, vergessen! –//– Vergessen die ewigen Kompetenzrangeleien, vergessen (nach weiteren zweieinhalb Stunden galt es auch für den Letzten) die Kontroverse wegen der eigentlichen Wettbewerbsthemen PROMETHEUS DREIUNDACHTZIG (Gruppe: Einzelsonette) beziehungsweise (Gruppe: Sonettenkränze) DER PUDDING DER APOKALYPSE! – Vergessen die entfesselte Kür und das Hunderterlei neuer Inhalte, mutig hineingeworfen sie ins geräumige Haus des Sonetts!, par exemple: DIE EXZESSE IN DER FRAUENKLINIK im Porno-Kino und unsere kongenial exzessuösen Exaltationen, Exkremental-Sonette genannt (ich im frisch gebügelten Matrosenanzug immer dabei)! – Vergessen der düster strahlende Sonetten-Kranz EIN PUDDING DES GRAUENS, eine Gemeinschaftsarbeit der Geheimdienstler unter den Bückeburger Poeten, nach dessen vertraulichem Vortrag die Rolltreppen zwischen den einzelnen Stockwerken und den verschiedenen literarischen Rängen lange nicht stillstehen wollten! – Vergessen unter dem drohenden Pudding auch meine Hodenverzerrung und die streikende Bauchspeicheldrüse, einer zeitgemäßen Sonettkunst eher förderlich sie; vergessen sogar der Sozialistische Realismus (wie man auch ohne Lupe erkennt)... Ach, all der vielen Sonette, welche jetzt nie aus der Knete herauskommen werden infolge des Puddings zu unserem Häupten!, eine einfache Milchmädchenrechnung fürwahr vorderhand. –//– Inzwischen hatte der Pudding, früh genug für einen Bericht in der TAGESSCHAU oder bereits einen tückischen Kommentar, hatte er mählich erstarrend zwei Drittel des Himmelszelts eingenommen, einem riesigen Kuhflatschen gleich, nicht von der Hand mehr zu weisen, von keinem!, niemandem!, keinem! »Aufsteigend im Niedersinken, sich verfestigend im Zerfließen! Zweifelsohne – er ist es, der letzte Pudding der Menschheit!«, der Kollege Konjetzky war es, der fröstelnd diese dialektisch anmutenden Worte aussprach, Stichworte für den Kollegen Dürrson: »Und immer wieder dieser Paternoster-Effekt! Daß das nie einer merkt!« Aber die treffendste Formulierung im Hinblick auf unsere verheerende Situation kam aus dem Mund der Kollegin Patacki, spöttelnd wie stets die Befürworterin noch jeglicher nahtlosen Schwärze (sofern diese über sich selber hinauswies): »Wer Pudding sagt – der sagt auch Galaxis!« Siebenundfünfzig, nein sechsundfünfzig, nein, fünfundfünfzig Dichter, Top-Hyänen der Poesie *allesamt*, sah ich im Abendwind zustimmend tänzeln und nicken; Heidi Patacki lachte unbeherrscht auf... Dann, weiß man, begann es –

Etymologisches / Ein Nachtrag

Löschpapier! – Welch ein unergründliches Wort wieder!, schwerlich auszuschöpfen zur Gänze in einem einzigen Menschenleben oder mit zittrigem Arm gar!... Geh-Gips muß her? –//– Oder *Fassonschnitt*! Auch diesen fünf Silben darf man nicht länger als einen Vormittag nachgrübeln wollen, falls man sich nicht in seinen eigenen Kopf greifen möchte zuletzt! *Fassonschnitt*!; es ist nicht zu fassen! –//– G. dagegen verwendet die Wörter nach wie vor zielstrebig und von Herzensgrund auf wie nur Vater Rhein zwischen Konstanz und Xanten; *fließendes Deutsch*!, man muß es G. bestätigen dürfen, ehe es kracht –

Dorotheenstädtischer Friedhof

I

»... wie lange schon lag Curd begraben auf dem
alten Friedhof, auf dem eine Grabstätte zu erhalten
eine Auszeichnung war, wegen der er, Hans Collin,
unter Hinweis auf seine Verdienste und Orden
höheren Orts bereits vorgesprochen hatte ...«
(Stefan Heym: Collin)

Hier anzukommen, nach wie vor gilt es der Geisteswelt (auch mir) als lohnendes Lebensziel!
Der ist für alle Zeiten aus dem Schneider raus!, der hats erreicht, der hier ein Grab gewonnen!
Für einen Platz in dieser Nekropole gab es schon so manches hoch riskante Spiel;
Ein einziges Exempel: Nicht zu weit von Bertolt Brecht liegt doch noch – ehrlich! – Arnolt Bronnen.
Hier anzukommen, ja, bedenk auch ich mal den, mal jenen idiotensichren Plan,
Wenn ich am Dorotheenstädtischen vorbeifahr... (Stets vorausgesetzt: *Ich bin im Tran!*

II

I

Der Autor Friedrich Eisenlohr
Lauschte in die Zeit mit straffem Ohr,
Schrieb aber wenig und schwach;
Anbetrachts des blicklos', stumm' und tauben Steins
Lauscht jetzt meins.

2

Ich hör den Politbürokrach,
Hör die Risse in dem und dem Dach,
Neue Lieder rings, *relativ flach*,
(Der ich dutzendfach bessere mach!),
Ich höre mein eigenes Ach.

3

Beschlossen vor diesem Erinnerungsmal:
Das Leben vernünftig zu nutzen,
Wie meine Mutter es mir befahl,
Und meinen Restzahn zu putzen...
    Dir, Eisenlohr (Friedrich), zur Ehr'
    Dem Zahnverfall Gegenwehr!

III

Ein fahler Grabstein, Teer der spröde Spruch:
– *Verzeihn Sie, bitte, diesen Pestgeruch!*

Ja, E. war hauptberuflich Lyriker!

    (Sie sind wohl Redakteur?)

Wie kränkelt über seinem Grab die junge Föhr'!

Zwei Zerwürdigungen

I
(Neues vom Leistungssport)

»Tabus? – Wat denn, wat denn!
Wenn du det nur allet ümma
in unsahn Sinne fafassen duhst!«
Volksmund

1

Menschenskinder all diese unzweideutigen Winke des Schicksals mit Hilfe von vorgeräderten oder nachgesteinigten Lausitzer Hochgebirgshandmühlen bitte Uhrenvergleich und Löffel für Löffel in goldmedaillenverdächtige Hürdenläufer aus dem engeren Freundeskreis des Verfassers verkeilt (Das hätte Vater Zille sich wohl auch nicht träumen lassen in seinem Milljöh)

2

Hodenverzerrungen zum Beispiel werden jetzt in Bad Sodom oder der nächstgelegenen gomorrologischen Klinik von einem traditionell übermüdeten Spezialpersonal dank solcher zweit- seltener drittentwendeten Knöpfwadenwickler in Sekundenfrist klargekämmt bitte Uhrenvergleich schließlich illegal weiterverstriegelt (Daß Verf nicht deutlicher werden kann das leuchtet wohl jedem hier ein)

3

Bravo Anna und Friedemann Bärlapp aus Bischofswerda den gnadenlosen Züchtern des phantasmagorischen Abstützbeschleunigers wie früher bereits des inzwischen zur Weltspitze zählenden eckenreichen Bürovorsteher-Kampfmantels mit der Schmuckleiste zwischen den Schulterblättern einem spitzen WERWEN *Ja Bravo den Bärlapps und den obligatorischen Klatschmohn ins Haus (Klatschmarsch)*

4

Dankbare Winke vorüberflügelnder Hürdenläufersegmente bitte Uhrenvergleich die kühnsten im Saharienne-Style verfehlen infolge einer Entwicklung die keiner vorausahnen konnte um es verschlüsselt zu sagen mit absoluter Treffsicherheit noch das schwärzeste Ziel und verdienen es unter dem Strich als Notgroschen abgerechnet zu werden vorzugsweise uns Tiftlern unter den Sonntagsspaziergängern eine willkommene Bereicherung des erlebnisreichen Programms

5

Eingeflogen dieser schlüsselfertige Delikat-Text mit unserem gelblichen Militärhubschrauber X34Strich80Strich30 am zwanzigsten Neunten dem Geburtsdatum Eddi »P« Endlers aus Anlaß des siebenjährigen Jubiläums eines im Wettbewerb SCHÖNER UNSERE STÄDTE UND GEMEINDEN *zwischen den Zähnen zu feinem Goldstaub zermahlenen fettaugenreichen Geheimnisverrats (Es meldete der Oberkommandierende Gefreiter André Breton bitte Uhrenvergleich)*

II
(Kopfnuß)

An und für sich die Vorplusterung manchen Herabwürdigungskeimlings oder von hinten aufgezäumt die Zangengeburt vor allem der mittäglich fälligen Seufzer deren Querlagensprung in der hoch und dann zugedrahteten Kehle von ausgeprägter Heruntersudelungssymptomatik einer wohl allzu gezähnten Rauhverkantung im Hinblick zumal auf Fußmatte Lebensversicherung SpiegelEi spricht // In weitem Abstand hierzu verdient last but not least der Erfinder des Klebestreifengangs vom Grenzwerthund ganz zu schweigen nach der neuerlichen Zurückweisung eines prinzipienlosen Danaergeschenks und von eiskalt verlängerter Hand hinausgefädelten Spielballs zur Verunsicherung des einfachen Notgroschens von der Straße an und für sich die frühzeitig schon verspätete Fehldiagnose einer Kopfnutz in Gold

Erwiderung

»laßt euch nicht durch radetzky- /
deutschmeister und kaisermarsch /
aug und ohr auswischen . . .«
H. C. Artmann

Wie stramm, wie kregel doch, ja, knusperhäuschenknusprig Arsch für Arsch
Im Schwung von Yorckschem, aber auch – tärättätä – Radetzkymarsch!
Oh Buttersoße, ungeheure! Ruckizucki, oh!, der Ärsche!
Oh unerschöpflich quellender Menschheitsschatz: Ihr lieben alten Märsche!
Womöglich malte ich das Leben doch um eine Spur zu harsch?
Gibts nicht zum Abendbrot heut abend beispielsweise wieder Barsch?
– Ja, freilich gibts zum Abendessen Barsch!
Täderättätättätä!!!

Minidrama: Zwei beim Packen*

....

Er: Hörst du das Maschinengewehr?

....

Sie: Vergiß die Zahnbürste nicht.

....

* Sätze aus dem 104zeiligen Gedicht FLUCHT von Kurt Schwitters.

Verse echter Dankbarkeit

Eine Magistratsangestellte Mitte der Siebziger zum Autor:
»Ich höre, Sie sollen jetzt auch eine Wohnung bekommen...
Ihre Gedichte werden dann hoffentlich anders aussehen!«

Bald fünfzig; und nicht länger nur Gekrächz und Poescher Rab' ich;
Denn eine Wohnung endlich, eine eig'ne Wohnung hab' ich!
Ein and'rer Kerl scheint man geworden: Vorwärtsstürmend gab ich
Mein Ehrenwort, daß künftig keinen einz'gen weiter'n Stab ich
– Auch Staates Sicherheit nie wieder untergrab' ich... –
Über die Heimatstadt zu brechen wagen will, Frau Zapich!
Ja, durch die Straßen als ein nagelneues Wesen trab' ich;
Mich an der Interessantheit blühender Hauptstadt lachend lab' ich;
Mit reif'rem Werk lob' unser'n Alex (nicht den Baobab) ich;
Plumps! war im Eimer meine Lust auf Plowdiw oder Plöhn...
Ich han min Lehen!, Leute, eine Wohnung, Wohnung hab' ich!
(Tönt's nicht schon kräftiger, mein Lied, nicht fast schon wunderschön?)

Verse der Entsagung

Endlich die eig'ne Wohnung!, yes, mit fünfzig! und von neuem bei der
Balz ich;
Als wär's nicht Dörrfleisch längst, mein Bürschlein unten; als wär'
rundum Schweineschmalz ich...
Im Handumdrehen habe – dank der Wohnung? – parallel vier Frau'n am
Hals ich;
Höchst kregel sie, zartbitter, im Vertrau'n gesagt: an einigen Stellen salzig;
Als Wohnungsloser stets geschnitten, nun das Opfer geilsten Liebesdralls
ich:
– »Aaaah!, ja!, der vierfache Beherrscher will, der Sklave sein des holden
Spalts ich!!!«
Nach einem Monat schlägt das Grauen mich: Wie lang noch juble,
jodle, schnalz ich?
Erst auf der Wohnungspirschjagd, schließlich bei der Balz – bald wieder
auf der Walz ich?
Oh, Götter, seht!, zum Höllenpfuhl wird meine Wohnstatt, ohne Pause
knallt sich
Das gegenseitig in die Fresse – Papa auch kriegt's ab! –, zerbeult,
zerkrallt sich...
Mein Ober-, Unter-, Zwischenhemd, seht und begreift!, mein Zeug,
zusammenfalt's ich;
Dem Lied der Fernen lauschend, wenn nicht gar dem Atemhauch, dem
Ruf des Alls ich –

Kiez des Wunderbaren

Und wieder ist einer eingetreten ins LYCHENER ECK; welcher keinerlei Achtung zu zollen für nötig befand gegenüber dem Feuermenschen, gegenüber der sagenhaften Erscheinung des Feuermenschen (Fensterplatz vorn, immer: Fensterplatz vorn), unseres manchmal wie ausgebrannten, dann wieder zauberisch glimmenden beziehungsweise verglosenden, hin und wieder erschreckend lodernden sogenannten »Feuermenschen vom Prenzlauer Berg«; stupide und seiner nicht achtend setzte man sich, als wäre das nichts, als wäre das garnix, und winkte (vorerst erfolglos) dem Kellner... Oh, wenn er wüßte, dieser in unseren Kiez verschlagene, allzu tölpische Fremdling! Eingetreten abstoßend lebensfrohen, folglich fast menschenverachtenden Schritts, ein dussliger Inlands-Ausländer vermutlich!, ja, ohne den allerwinzigsten Blick für den hypernervösen, lange schon natterähnlich sich räkelnden Nähmaschinenspezialisten und Krypto-Poeten, eingebrochen gleichsam in »Bumkes«, des Feuermenschen, Zauberkreis oder Revier, wird jener vertrackte Besucher in naher Zukunft als ein Gedemütigter diesen Kiez und diese Stampe wieder verlassen; das weiß hier wohl jeder... –//– Oh, seiner, oh »Bumke« Bergermanns nicht zu achten!, oder doch wenigstens nicht mit allen verfügbaren Sinnen! Siehe!, und schon geschieht es! Siehe, wie unserem Feuermenschen plötzlich das rotblonde Haupthaar irritabel und steil emporgesträubt steht! Und umgekehrt der feuerrote flammenschwertähnliche Vollbart steil und irritabel nach unten! Ah, wird er neuerlich schockierende »*sieben* Portionen Soljanka« bestellen wie vorige Woche, wie jüngst? In der Tat, yes, indeed, er erhebt sich, der Feuermensch – während jener sich (siehe oben!), wie erinnerlich, setzte –, und stellt sich parat, wie es scheint, für eine nicht unerhebliche strikte Bestellung, und in wohlgesetzter, wenn auch flammender Rede bestellt

er – und was das bedeutet, das weiß hier wohl jeder – neuerlich *sieben* Portionen Soljanka!!! Gedemütigt wird er, der Fremdling, welcher des Feuermenschen nicht achtete, diese Stätte verlassen, und müde, ja, rechtschaffen müde, und in kürzester Frist!, oder, Lou Salome, oder? ... »Soljanka ist *alle* leider!«, hallt vom Tresen herüber der arge Bescheid, »das gilt auch für Bauernfrühstück, Boulette und Borschtsch!«
(Noch mal Schwein gehabt, Kumpel!)

Romananfang

I

Franz liebte Brathähnchen über alles!, knallheiße Hühnerbrühe zog er bei weitem brodelnder Magermilch vor! – Achtzich!, rief es manchmal; pardauzdich!, in ihm (wie er seinen intimeren Freunden mutig gestand).

2

Von Glacéhandschuhen hat er sich immer sehr bald schon getrennt; Stachelbeeren zogen ihm den Mund zusammen wie manchem anderen auch; Wintertage ebenfalls lehnte er zeitlebens ab, hauptsächlich winters.

3

Achtzich!, pardauzdich!, rief es schon wieder in ihm; nunmehr beginnt, triumphierte es tollkühn, der eigentliche Roman! (Sie können sich denken, wie das endet, beziehungsweise was aus alledem wird...)

Der Literaturbunker

Du kannst noch immer in ihn hineingeraten, den Literaturbunker da;
Den Überlebensbunker mit den siebenhundert Leichen in den Gängen!

Chanson Zwo

Schiefe Gedankenstütze, gewiß, doch eine selber gefertigte ist es (nicht die aus dem Automaten geziepte, die Krücke); und zweifelsohne sogar die schmutzigeren Gedankensprünge stützt sie ganz trefflich, die schielende, besser: melierte, an welcher der Autor grabeinwärts humpumpelt; das wenigstens solltest Du wissen, mein restliches Kind! / Kein sogenanntes hundertprozentiges Ja, kein sogenanntes entschiedenes Nein – oh Milchstraßenfetzen, Ihr hängenden Zungen der Zeugen! –; ausschließlich orientiert an dieser von vornherein wurzellosen (auch bis in ihr oberstes Stockwerk verkoteten) eigenhändig gefrästen Gedankenstütze, humpumpelt der Autor grabeinwärts; man könnte ihn schmunzeln sehen, wenn man zu sehen gelernt hätte, Kind! / Man könnte, wenn man zu hören gelernt hätte, unverhofft hören, wie er zu sprechen beginnt: – *Alle Ihr hochgezwitscherten Nullen* (spricht er), *ob vor oder hinter dem Komma, möget Spalier bilden für den Größeren, welcher sich sinngemäß aus dem einen EffEff in das andere oder wahlweise quer durchs Gemüsebeet* (spricht er) *ins sogenannte Blaue verpfeift ... Dem Humpumpelnden eine Gasse!*

In die Radler-Robe des Ohms gekleidet

1. Bubi Blazezaks Lied.

–//– Die Zipfelmütze im Panzerschrank der Geschichte pendelt und stinkt, Kamerad!, hinkt wie von abgespreizter Ginster-Hand heimlich gezinkt, Kamerad!; der aus dem toten Winkel heraus nur noch mündlich gezipfelte Pendelschlag des Panzerschranks der Geschichte. –//– »Welch jugendgefährdendes Schriftbild, und wie es scheel durch das Schlüsselloch pfeift...« –//– Sir!

2. Gladiolengewölk.

–//– Notabene jenes verschlüsselte Haus der offenen Türen des Helmuth von P., dem unser gestriger und mehr als schleppender Sternmarsch im wohlverstandenen Interesse des (laut Professor Klarmatz) schwerlich bezweifelbaren *Kunstfortschritts* galt (und immer noch gilt). –//– Notabolz das eiskalt beredte Buffet in einer der röteren Kammern des Jagdschlößchens – oh der perversen Gladiolenwolke, des Zimmethimmels über all dem! –, eine Augenweide, ehrlich!, für jedes gepflegtere Lippenbekenntnis in unserem Land oder Lager. –//– »Menschenskinder, Kapuze! *Du* bist das doch, der Kollege aus der Lychener oder der Duncker, wat?, der sich immer noch über das alles Tagebuch führt, Menschenskind!, der auch im Jahr vierundachtzig noch ein *richtiges* Tagebuch schreiben tut oder wat...« –//– Aber, Sir!

3. Liedfetzen, als Putzlappen in Dienst.

–//– ...geschichtsträchtig in die Rodel-Robe des Wahns eingepellt und dann jählings über uns ausgeklinkt, Kamerad!; schon seit achteinhalb Jahren...

Schlagerlied

du rege oblate
mit wenigstem stern nur gesalzen
du knöchellanger akzent
des feigenblatts amme

Nachdenken über die Lesergemeinde

(Im Hintergrund: Fernsehturm. Vorne: In zünftiger Trapperkluft SIE und ER, die abwechselnd durch ein Zeißglas die Lesergemeinde des Dichters Endler ins Auge fassen, abwägend, hungrig, verderbt.)

■

Er: »...siebenzick Ohren, verchromt und gedankenverloren...«

■

Sie: »...die verdienten Sporen des Oberstaatsanwalts, tippe ich dreist, weg- und steglos mit seinen Unter-Hosen verschweißt...«

■

Er: »...sieben mal siebenzick Ohren, die flatterhemdartig rumoren...«

■

Sie: »...die verdienten Sporen der Ohren des Volkes, Karl-Heinz!«

■

Er: »...die verdienten Sporen des Volkes des Oberstaatsanwalts, Marianne!«

■

Sie: »Zwölf Ohren, der Zukunft verschworen!«

■

Er: »Acht Ohren, um Mitternacht zu entchloren...«

■

Sie: »Summa summarum siebenundsiebenzick Porenfüßler etcetera, eher weniger, Schatz!«

■

Er: »Plus drei bohrende Augenaufschläge, ratzpatz!«

■

(Im Hintergrund: Palast der Republik. Vorne: SIE und ER, die sich abwechselnd mit dem Zeißglas einander hungrig ins hungrige Auge schauen, der Lesergemeinde des Dichters Endler den Rücken, den halben Hinterkopf zugekehrt.)

■

Er: »Hat es aufgehört zu schnein, / Muß der Hydrant schon schneefrei sein.«

■

Sie: »Derheeme ist derheeme.«

Im Pamir (I)

1

Joi, dieser mein zerluderter Kamelhaarpantoffel, wie er einem in der Regel als arger Störenfried im Wege herumgestreunt ist Jahre um Jahre; hier im südwestlichen Pamir ist es gewesen, wo ich ihn (nach dem Mißerfolg bei der ERSTEN BIENNALE DER SOZIALISTISCHEN REIMKUNST) in die Wanderdisteln hinauszuschleudern für zwingend erachtet.

2

Joi, ganze siebenundfünfzig Monde später erneut im südwestlichen Pamir gelandet (als Ehrengast dieses Mal der TAGE DES INTERNATIONALEN GHASELS), hab' ich – bei meiner Poeten-Ehre! – den seit Längerem endgültig *abgeschriebenen* während des morgendlichen Ausritts mit der landesüblichen MUTTER DER POESIE recht unverhofft wiedergefunden.

3

Joi, nächsten Sonnabend geht es 'nüber und 'nunter ins Salzkammergut (sehr richtig!, zur WOCHE DES GEGENWARTSRITORNELLS), daran anschließend zu den LYRIK-WORKSHOPS in Bristol, Brünn, Brest-Litowsk; jetzt wieder mit beiden Kamelhaarpantoffeln im Seesack zu meiner Freude, nein, nicht mit dem einen nur, sondern wieder mit zweien.

Im Pamir (II)

1

Ein hüstelndes Etwas in fabrikneuen Schnürstiefeln erst,
Sodann in hüstelnden Schnürstiefeln ein fabrikneues Etwas;
Und eines verlorenen Zweitzwickers wegen beide auf Trab:

2

– Yeah the last train to San Fernando the last train to Sacramento
the last train the last to El Paso the last train to Wichita Falls

Naschmarktfassade

Robert F. Kellermann heißt er! / Mit faulen Salatköpfen schmeißt er! / Ja, schon wieder geklaut ist der Kleister! –//– Ahnen *Sie* vielleicht, weshalb dem Verfasser in diesem Moment das Wörtel *Gelbhalsmaus* einfällt? –//– Unwissende, Ihr!

IV
Trotzes halber

In diesem Sommer

1

Der weggewandte Eidechsenblick der Rosen.

2

In sich gekehrt die Althand, die ihn belauscht.

Drei Etüden

I

OH IHR GRÜBELNDEN UNTERIRDISCHEN PARADIESVÖGELEIN, die Ihr das Gras wachsen ließet in der Oase Dandaka, die Ihr die dreihundertsiebenundneunzig wortgewandten Gräser aus den Grüften der Oase Dandaka ins trübe Licht wachsen ließet, oberirdische leise Dolmetsche sie (und jedes auf ausgefeilt eigene Weise) der pausenlosen Dispute und wechselnden Denkansätze der einundsechzig unterirdischen Paradiesvögelein: »Wie wäre es denn, alle Gretchenfragen dieser Übergangszeit der Abwechslung halber unterirdisch zu stellen? Ja, unterirdisch, verehrte hellgraue Eminenzen, so könnte es unter Umständen gehen! Ja, unterirdisch noch einmal das Ganze, unterirdisch in Richtung Südost!« – Wir hören es atemloser, die vierunddreißig restlichen Altchen der Oase Dandaka, und lassen uns dennoch (und jedes auf ausgefeilt eigene Weise) in nordwestlicher Richtung stets fallen und fallen gemäß den Winken unseres Bistumsblatts.

(Mai 89)

II

BIS GESTERN VOR DEN NACHBARN VERBORGEN GEHALTEN: Mein letztverfügtes und folgerichtig vorderlastig verwinkeltes Töchterchen Li, regelwidrig aufgedonnert zur Rechten und bleifrei gebündelt zur Linken. (Mancherlei Ähnlichkeiten mit ihrer jegliche Beweislücke sprichwörtlich sprengenden Mutter Frau Lea Nordfeld, der stadtbekannten hundertlippigen Schnellwurz mit dem gezuckerten Schmelzwasseruhrwerk im Ohr.) Hier mein Geständnis, da mich Li zu solcher SUCHANZEIGE verdammt: Nichts als ein angeknabbertes Zettelchen »Sacrilegi, Sacrilegi« ist mir von dem letztendlich doch geschätzten Wesen geblieben; ach, nichts als ein hohnvolles Zettelchen! Und im Huflattich Nattern! – Ein letztes Detail: Lis räkliges Wurstfingerdikkicht, auf Halbmast gesetzt; wir nannten es »Blue Sinaida« oder auch »Frieda«. (Juli 89)

III

»... UND WIEDER EINMAL am Knackpunkt all meiner möglichen Existenzen vorzeitig niedergekommen, habe ich – Köpfchen!, Köpfchen! – augenblicklich mit extrem abgespreiztem Körpergewicht und nahezu atemlos die sogenannte Figur des scheintoten Winkels gedreht – und jetzt geht es wieder für drei bis vier Knochen... Sieh selber, Bruno, wenn Du kein Schlagetot bist!« –//– »... und alle die hastig vergreisenden Kinderwägen straßauf und straßab, mit unauflösbaren schreienden Widersprüchen randvoll gefüllte; auf Große Fahrt gegangen im Frühling, im Sommer, indessen, da die Weihnachtszeit naht... Oh zotiger Zimmethimmel über all dem!, oh Milchstraßenwüste! Der widerstreitenden Sinngedichte in meiner so strittigen Brust!« –//– (Nun aber'n Punkt gemacht, Brigitte und Bruno! Und auf zum Kurfürstendamm!......) (November 89)

Im Hochgebirge

1

Auf einen Stein mit annähernd menschlichem Antlitz geklebt: »... und ich werde nicht mehr zu sprechen brauchen; Artaud.« – Und der Stein fängt zu reden, wirklich, fängt bröcklig zu reden an.

2

Vor dem Mund greisen Steins niederhockend, dann knieend auf dem Mund greisen Steins: »... und wenn Du die giftig ergraute Schnauze noch immer nicht voll hast, du Saukerl, dann ..., dann ..., also dann ...!«

Wiedererweckung

I

Im zweiten Arbeitsgang dann muß der Atem frisch aufgespult werden und schließlich quasi als Schnur aus der Lunge nach oben gepfriemelt mit patzigstem Zeigefinger nach oben und zwischen den in der Regel stark derangierten Zähnen hindurch heraus- und heraufgeangelt ans Licht eines größeren Deutschlands mit keinem geringeren Ziel als dieselbe (bzw. denselben) mehrere Dutzend Male wieder zurückschnellen oder -klatschen zu lassen gleich einem Gummiband einem flotten Jojo ins schwiemelige Innere ruckzuck des partiell schon erheblich vermoderten Kerlchens hinein und ohne Berücksichtigung der zwölf oder dreizehn Nörgelseufzer des unverhofft Wiedererweckten welche alsbald und erfahrungsgemäß zu marktgerechten Kicherlauten ja Frohsinnsäußerungen tendieren Oh Ultra-Täterätä

2

In weiteren Arbeitsgängen gilt es vor allem die immer noch plumpe und maden-klumpige Zunge samt strunkiger Zungenwurzel mit einem Spezial-Korkenzieher dem sogenannten Zungenkorrektor und einem Schraubenschlüssel ausreichend vorzulockern und allmählich auf Touren zu bringen nachdem sie zunächst mit alleraktuellestem Vokabulariums-Speichel eingesalbt und durchtränkt worden ist (vielleicht auch ein wenig je nach der Marktlage pink- oder glitterfarben geschminkt) so daß sie auf einige lebendige Ohrfeigen hin im Augenblick losschwadronieren müßte ins diesige Ungewisse und größere Deutschland hinein zumindest auf einige schmelingsche Kinnhaken hin wie sie immer schon Wunder gewirkt ein Hauptgewinn für jeglichen Talkshow Oh Ultra-Bimbam

3

Und jetzt schon die letzte Phase des historischen Dressur- und Erneuerungsaktes in deren zweiter Phase man das naturgemäß noch immer recht schadhafte Männchen bereits aus eigener Kraft den von Unilever und Shell gesponsorten Prozeß der Wiedererweckung fortführen lassen darf und vollenden (sofern weiter oben alles einigermaßen geklappt hat) durchaus befähigt inzwischen sich selber die Socke über die Mehrzahl der Zehen zu ziehen sowie wenn es brenzlig wird das Präservativ übers aufmüpfig nickende Glied ja befähigt sogar ganz aus Eigenem die ausgeleierten Mundwinkel auseinanderzuspannen und im Idealfall einer versteinerten Fachwelt die Zunge die wiedererweckte Zunge zu zeigen die lange und immer längere Zunge Oh Ultra-Kikeriki

Oberlausitz

1

O Heimatkunde-Unterricht im frühlingshaften Grünen:
»Hier links der Guten, rechts der Bösen Massengrab!«

2

O Heimatkunde-Unterricht im frühlingshaften Grünen:
»Hier links der Unsren, rechts der Feinde Massengrab!«

3

O Heimatkunde-Unterricht im frühlingshaften Grünen:
»Hier links der Einen, rechts der Andren Massengrab!«

Neue Nachricht vom Prenzlauer Berg / Dank Breton

Nur eins noch ehe wir endgültig abdampfen müssen
Ladendiebinnen werden am Prenzlauer Berg was das immer bedeuten mag mittels Handauflegen absolut keimfrei gerührt
Oh das charakteristische Räderwerks-Raster durch welches die Betreffende automatisch hindurchfällt vom alten Leben ins neue und umgekehrt
Es darf keinen Zweifel an diesem Sachverhalt geben
Ladendiebinnen werden bei uns *ohne Nennung von Gründen* mittels Handauflegen absolut keimfrei aber auch ziemlich reimfrei gerührt
(Kleinere Ladendiebstähle findet man gerne vom BND vorgefertigt in jedem geläufigen Handschuhfach von der mittleren Wagenklasse an aufwärts in der Regel betriebsfertig vor)
Als Kontrastprogramm stehen vielerlei Echos abrufbar hallohallo im sprichwörtlich goldenen Fundus für alle Radsportbegeisterten fast gratis bereit
Ladendiebinnen werden am Prenzlauer Berg höchst unverständlicherweise mittels Handauflegen geradezu hundertprozentig schleimfrei gerührt
Still geworden ist es um ihn den einstmals fast stadtbekannten Curry-Wurst-Züchter Konnopke still um den seinerzeit vielprämierten Bockwurst-Halter Eddi »Pferdefuß« Endler
Es darf keinen Zweifel an dieser Aussage geben
Christoph von Dohnány und Anja Silja sind nach WELT AM SONNTAG das zugleich erfolgreichste und sympathischste Paar der neudeutschen Opernszene (Ich wieder mal nicht)

Nach WELT AM SONNTAG zieht Anja Silja ihre Beine überlang auf die Couch und läßt das Glück aus ihren Augen strahlen (ich angeblich wieder mal nicht)
Vater Zille würde sich wundern wenn er es heute sehen könnte sein altes Milljöh

(Anmerkung: Laden*diebe*/männlich dagegen – oijeh!)

Fünf Haikus

DER Bügelbrettbruch;
Auf dem benachbarten Frischdach
Tschilpen elf Meisen.

DIE tadelnswerte
Ar-te-ri-o-skle-ro-se:
– Ha, ein Bestseller reift!

VOM Nordseestrand her:
Die radelnde Ringerin-
Nenriege furzt Salz.

IN *einem Futter-*
Kästchen R. M. Rilkes Milch-
Zähne, hüfthalterlos.

PLOTZE Entmannung;
Der Ladenschwengel, vollschlapp,
Erleidet's zerknirscht.

Badewannen-Wahn

1

Oh das anklägerische Kikeriki-Gemurmel im schwellenden Batzen Schaum und wie ichs mit übel entwurzeltem Fuß zu vertreiben versuche gleich all dem andern Klamauk!

2

Oh das stachlige Seifenhuhn, die Scheuersandviper, die mein Rückgrat zerpickt, als gelte es, den Augen des Universums mein Sündenregister herunterzubuchstabieren Rippe um Rippe!

3

Wär' es nicht passender, sich fürderhin im quäkenden Mistbeet zu sielen, im Müllcontainer; statt vom Badewannengrund her schreien zu müssen: HAND-TUCH, oh Menschheit, HAND-TUCH?

HAND-TUCH, HAND-TUCH!

Trotzes halber

Aber mein Schnurrbart
Bleib ein unaufgetauter
Schnörkellos gesagt

Ja dieser Schnurrbart
Geht und erzählt es Fanny
Bleib unaufgetaut

Im tröpfelnden März
Ein überaus starrer Dezember
Und schnarrender Trotz

Geht und erzählts
Geht und erzählt es Fanny
Schnörkellos gesagt

Motive / Des irren Fürsten M. letztes Gedicht

Zum Beispiel unser Mitleid mit Hähnen.

●

Oder: Gestriegelte Mähnen, Belag auf den Zähnen und Landregensträhnen.

●

(Tränen reimt sich auf wähnen, Arthur, hören Sie es?)

●

Matratze, yes, Matratze!

●

LEBEN MIT SCHWÄNEN, LEBEN AUF KÄHNEN!

●

Ja, gewiß, meine Tante Gerda aus Bautzen ist es, die mir die Sammeltassen verehrt, in denen ich mein Nasenbad nehme vor Mitternacht.

●

(Das sage ich nicht nur Ihnen als einem typischen Dänen.)

●

Zähren, Schimären, Bären, aber wohin mit dem allen?

●

Übrigens verbitte ich mir, bei der Lektüre meiner Gedichte irgend zu gähnen!

●

Maloche, yes, Maloche!

●

Ich muß von früh bis spät qualvoll an meinen Gedichten arbeiten; aber *Ihr Mediziner* vögelt pausenlos in der Dunkelkammer die Schwestern...

●

Was wissen wir sonst noch von unseren literarischen Plänen?

●

BEI VERLASSEN DER WOHNUNG WASSERHÄHNE KONTROLLIEREN!

●

Die Beweislücke hinkt; sie hinkt.

Reklame für Adolf Endler

Ein fadenscheiniges Protestvergißmeinnicht, fiepend;
und mit grinsend verblühender Pfote –
Die Besondere Note.

Die Expedition

Das lärmende Wämslein, das ärmellose Gänslein, das sperrige Ränzlein, mit den Jahren zusammengewachsen. // Weitere Ränzlein und Wämslein und Gänslein, zu träg-trägem Tänzlein ineinander geronnen der größere Teil. // (Funde am Rand der Piste zur Oase Pinkpank zwischen den Kilometern Vierhundertdrei und Vierhundertachtzehn.) // Und dann nichts mehr, garnichts mehr, Sense!

Nach der Wende

Kommt aus dem Damenklo
Mit diesem superben Strauß
Welker Rosen zurück,
Der Star-Klempner Nolde,
Eines Ringfingers bar,
Seiner Ohrläppchen ledig,
Vor Mitternach noch intakt,
Das Herz unsres Viertels,
Mit diesem superben Strauß
Welker Rosen zurück,
Seiner Ohrläppchen ledig,
Beider zum Glück
(Des Gleichgewichts wegen);
Draußen tost Regen –

Zwei Lieder nach Okudshawa

1

»Mozart«

Olle Mozart, der mit seiner Geige kommt; Mozart, fiedelnd, ächzt, die Fiedel krächzt... Olle Mozart, der nicht die Bohne an irgendein Vaterland denkt –; er kratzt ganz einfach drauflos, legt einfach los, schon Jahre um Jahre. / Ach, was tut's schon, daß unser Leben 'mal eine Fête und 'mal eine Keilerei ist... Geben Sie Ihre Bemühungen, Maestro, nicht auf! Lassen Sie sich auch weiterhin heiß machen, Sie! –//– Angelangt auf der allerletzten Station, wird sogar dieser als Entgelt für solch Leben sein Dankeschön 'runterbeten, na, prima, in holprigen Reimen... (Etwas andres: Auf Deibel komm 'raus aus den Schweinereien seines Geburtslandes irgendein hehres Götzenbild zusammenzuleimen!) / Ach, was tut's schon, daß unser Leben 'mal eine Fête und 'mal eine Keilerei ist... Nur niemals den Mut sinken lassen, Maestro, auch hierzuland: nie! Bitte, lassen Sie sich auch weiterhin heiß machen, Sie! –//– Olle Mozart, der mit seiner Geige kommt; Mozart, fiedelnd, ächzt, die Fiedel krächzt... Mozart, als Wickelkind schon der Geige verschworen (und er hat noch den allerersten Applaus in den Ohren); Olle Mozart mit quarrender Fiedel und knarrendem Knie... / Ach, was tut's schon, daß unser Leben 'mal eine Fête und 'mal eine Keilerei ist... Ein Sachverhalt, der wohl für niemanden neu ist! Ja, lassen Sie sich auch weiterhin heiß machen, Sie!

2

Lied der Füchsin Alice und des Katers Basilio

So lange es unter uns Maulhelden, all diese Maulfechter gibt, braucht man, wahrhaftig!, noch nicht gänzlich verzweifelt zu sein ob unseres Schicksals auf Erden! – Seht doch des Himmelsrunds Bläue! Wer wäre angesichts dessen ein Anhänger roher Gewalt? Einen Maulhelden kleinzukriegen, verfahre man dergestalt: Es gilt ihm fleißig nach seinem Munde zu reden; nichts Schlimmeres, Leute! Im Nu fällt das Mensch uns zur Beute! –//– So lange es unter uns Geizhälse, all diese Geizkrägen gibt, brauchen wir um unsere Sache, wahrhaftig!, zu keiner Zeit bangen! – Seht doch des Himmelsrunds Bläue! Wer wäre angesichts dessen ein Anhänger roher Gewalt? Einen Knickrigen kleinzukriegen, verfahre man dergestalt: Es gilt ihm mit scheppernder Münze aufzuwarten, nichts Schlimmeres, Leute! Im Nu fällt das Mensch uns zur Beute! –//– So lange es unter uns noch Hohlköpfe, all diese Strohköpfe gibt, kommt unser krummes Ding, wahrhaftig!, in jeder Beziehung zum Klappen, s' wird klappen! – Seht doch des Himmelsrunds Bläue! Wer wäre angesichts dessen ein Anhänger roher Gewalt? Einen Dummerjahn kleinzukriegen, verfahre man dergestalt: Es gilt ihm ganz einfach die Hucke vollzulügen; nichts Schlimmeres, Leute! Im Nu fällt das Mensch uns zur Beute! –//– Seht doch des Himmelsrunds Bläue! Und den Maulhelden gibt es, den Geizkragen, und den Dummkopf nicht minder! Und werden nie alle, die drei! Kinder, Kinder, wie man zu sagen pflegt, dieses Wild läuft dem Jäger direkt vor die Flinte ...

Karl-Heinzens Lied

Ach, Mechthilde, Mechthilde, Du auf dem Holzweg nach Köln-Nippes seit einiger Zeit, welch eine Schmalzwoge Schmusewolle war Dir bereitet im Holzhäuschen Deines so schmählich außer Kontrolle geratenen Doktorvaters Karl-Heinz, welch eine räucherstäbchen-umwucherte Matratzenvegetation down to the border im Tale der Schwarzen Elster, yeah, im Black-Elster-Valley, anderthalb Stunden Fahrt im WARTBURG von Leipzig-Stötteritz aus, höchstens zwo. –//– »Ach, Mechthilde, Mechthilde, die doch der Lende eines der ehemals führenden Genossen entstammt; Du ehemals auserkorener Kader für unser ehemaliges Statistisches Amt; einst für die ehemalige Poeten- wie Singebewegung als auch den ehemaligen ROCK FÜR DEN FRIEDEN entflammt… –; jetzt in Köln-Nippes zu undiskutablen Tätigkeiten im Kurzwarenhandel verdammt, ob auch zur örtlichen Karnevalskönigin gekrönt und in Samt; von Hyänen zerschrammt!« –//– Und ein Holzhäuschen drunten im südlichsten Sachsen läßt seit Monden die damals so weiße Gardine 'raushängen, brikettfarben nun; die Eigentumsverhältnisse vollkommen ungeklärt –

Ausweg

Postalisch stark fehlgelenkt
– und doch eine glückliche Fügung –
diese aparte Broschüre DER
KLEINE WINDMÜHLENBASTLER …

Ja, Schluß mit der Dichtkunst,
Schluß mit dem lyrischen Krampf!
Keine Gedichte mehr, Mann!

Stattdessen Windmühlen, niedliche,
basteln und Eisenbahnbrücklein,
winzige Riesenräder,
                    Flugapparätchen,
allerlei kleine Gewerke!

Ja, das ist die Lösung, schnickschnack.

Fünf Mark extra der unzuver-
lässigen Postbotin Strack!

Resumé

Bis heute kein einziger *Seepapagei* in meinen vielen Gedichten
(Stattdessen schon wieder'n Dutzend Fadennudeln im Bart);
Auch dem *Sabberlatz* nicht das ärmste Denkmal gesetzt in Vers oder Prosa,
So wenig wie der *Elbe-Schiffahrt* oder der *Karpfenernte* bei Peitz.

Geschiebemergel dagegen ja!, fast zu häufig die Rede von diesem
(Und meistens mit Fadennudeln im verwahrlosten Bart)!
Nicht vergessen die *Gelbhalsmaus*, nicht fehlt die sogenannte
Naschmarktfassade!
Selbst *Sägeblätter*, selbst *Kühlhaus-Eier* weiß ich irgendwo untergebracht.

Indessen nicht der kleinste *Seepapagei* in meinem Scheiße-Gesamtwerk!
Um ehrlich zu sein: Das Gleiche gilt für den *Hüfthalter* oder den
Kronenverschluß.
Und wie konnte ich fünfzig Jahre lang das Wörtchen »Wadenwickel«
verfehlen?
Es gibt keine ausreichend lichte Erklärung für das und für dies und für das.

»Darf ich dir die Fadennudeln aus dem Bart nehmen?«
(Sagt Georg Maurer.)

Bestellungen

»Zwei halbe Portionen Unverfror', please!
Ein Händchen Grauzone drübergestreuselt...
Zum Nachtisch geschlechtslosen Nasensporn!«

»Ih!«

»Für mich nur sieben Pusteblumen in Aspik!«

Autobahn-Geschichte

Der Chevrolet (Superklasse) stolz und gehässig an uns vorbei;
»Irgendso'n undurchsichtiger Filmmagnat und zwei seiner Starlets!«,
Zischelte Elsbeth beleidigt, als jene vorbeigeratscht waren.
Und dreiundzwanzig Kilometer weiter: »Das *mußte* so kommen...«,
Da das Fragwürdig-Grandiose und all die falsche Grandezza
Schräg auf dem Kühler eines Bierfahrers hingen, das pure Kino.
Ei, die Lolitas, wie sie verbiestert in der Landschaft 'rumstanden –
Und als hätten sie mit dem Chevrolet nicht das Geringste zu tun;
Den Film-Magnaten sahen wir weinen und sein Pelzchen vollreihern.
»Fahr langsamer«, schnalzte Elsbeth, »nicht beschleunigen, Eddy!«
Im Zeitlupentempo schlichen wir an der Unglücksstelle vorbei,
Die Schwade Biergeruchs (»Kulmbacher«) querend, ein Nummernschild
München...
Tja, so ist uns der andre Bierfahrer in die Flanke gezwitschert,
»Köstritzer« diesmal, das unser Auto und die Fahrbahn versaute,
»Köstritzer Schwarzbier«. – Ach, wäre es wenigstens Selterswasser gewesen!

Ein ideales Paar

Dem Onomatologen Harry W.

Der eine Schwall Kunsthaar der sichelbewehrten Masseuse aus Numero
Achtzehn heißt Wladimir Zottke;
der andere – sobald die Masseuse entsichelt ist, kommt er zur Geltung –
heißt
Zulma van Zackendullst.
Der Onomatologe, das Löwenhaupt bleckend, ah, läßt die Löwenmähne
ausschwärmen: »Numero Achtzehn?«

Beendete Station / Blues

Yes, Peggy, die Züge sind abgefahren alle!; und *abgefahren ist der Zug für immer*! Schachmatt! Die Station hat den Geist aufgegeben ohne großes Brimborium und Trara, doch ganz ohne Blues, bitte, nicht.

Übrig geblieben, blickt mich entgeistert die ewig zu weite Stationsvorsteher-Dienstmütze an, mit der ich den unterschiedlichsten Lokomotiven huldreich zu applaudieren gewußt, letztes Jahr immer lascher.

Ebenso bleiben werden die Fotos in deinem Dessous-Schränkchen, Schatz: *Ich* mit Stationsvorsteher-Dienstmütze und erhobener Kelle. (Von diesem Herrn ward so allerlei hin- und hergelenkt zwischen Lüttken und Pleterjach.)

Ja, die Züge sind abgefahren, Peggy, *dein* Fahrkartenschalter: geschlossen, klirr-peng! Die restlichen sechshundert Fahrscheine mögen sich als Lesezeichen in vergilbenden Kursbüchern nützlich erweisen.

Soll ich noch einmal mein nunmehr verrostendes Trillerpfeifchen loszwitschern lassen in die Lande hinein? Um wenigstens für Momente das schadenfrohe Gesindel ringsum *durcheinander zu bringen*, my dear?

Ach, Quark! Was gehen uns diese Pinsel noch an? Solln sie grienen! – Wir aber wollen mit den zwei Kellen, der Sonntags-, der Wochenkelle, tagelang Pingpong spielen zwischen den Schienen!

– Peggy!!!, pfui!

Drei Raumteiler

1

Ein Stücklein Wegwerfnatur, behelfswiesenhaft, der erste der drei, aus gegerbtem Landbesitz, bitte!

2

In den zweiten wird listig das Lösungswort einbetoniert; ah, seufzender Faden der Ariadne!

3

Den dritten Raumteiler lassen wir abends in ein breitflächig gefächertes Gelächter auslaufen, gelt?

An den Rand des ›Hustler‹ gekritzelt:

1

Säbeltanz auf fetten Wintersocken.

2

Anstatt der versprochenen Badeanstalt: Im Huflattich Nattern.

3

Seinem engeren Freundeskreis noch ungesotten entschlüpftes wasserfallgrünes Intimschrauben-Necessaire.

4

Oh welch erratischer Salon!

5

»Dafür sind wir im Herbst 89 nicht auf die Straße gegangen!«

6

Beleibter Unrastplatz.

7

Ratzen Sie mir, bittescheen, einen ganz kleinen Schlockerschlüh mit doppelter Pulpe!

8

Nahtlose Rute; Prankenverzuckerung; Podestbeschleunigung; hui!

9

Der Hüfthalter trächtiger Witwenschaft im frisch erneuerten Kunstgebiß.

10

»Ober, zahlen!«

11

Und das Kikeriki der Fleischwölfe von der erdabgewandten Seite des Mondes.

12

Ich bitte um ein vorgekeimtes Beleckexemplar Blatt für Blatt!

13

Dieses kußechte Herzblut wird lange noch paßgerecht hin und her pendeln wollen zwischen 10247 und 82234.

14

Ein Weihnachtsfest ohne Hustenanfall.

15

Letztverwinkelt.

16

Die alte von unserem außer Kontrolle geratenen Doktorvater liebevoll bemutterte Standuhr schreckt nachts mit rüdem Gebell.

17

»Dafür sind wir im Herbst 89 nicht auf die Straße gegangen!«

18

Verführerischste Haftbedingungen fürwahr; meint Daniela Dahn.

19

Oh welch zernörgeltes Schmelzwasseruhrwerk im mosernden Darmtrakt des Darmtrakts.

20

»Du blasse zerplatzte Kaschemme!«

21

Ei, seht nur den schneidigen Gerrit!; das *fleischgewordene Rasiermesser*! (Meckert Lil aus der Leidsestraat, Amsterdam.)

22

Diese Zacke streichen wir grüner an, jene lassen wir zappeln.

23

»Erna, wieso eigentlich immer du?«

24

Ein Abgesandter der Nomenklatura, die totgeborene Zitatenkiste zotig unter dem Arm, das spitzere Bein in der Tüte.

25

Ungeschlacht harrt Franz der Havarien.

26

»Erna, Erna!«

27

Schnatzen Sie mir, bittescheen, einen weiteren Schlockerschlüh, jetzt mit vierfacher Wulpe!

28

Der Zwadratur des Greises entronnen.

29

Zerknicktes Standbein, das Spielbein gelähmt; ticktackticktackticktack.

30

»Ich ist ein anderer...«; Karl May, Karl Mickel?

31

(Ein ob seiner einzelnen Bestandteile mehr als ratlos, ja, geradezu redselig stimmendes Konvolut.)

32

Oh welch erratischer Salon!

33

Murmelnde Strudelblicke direkt von der erdabgewandten Seite des Mondes.

34

»Ober, zahlen!«

35

»Oohbärrr!«

Memoire II

Vor einem Jahrzehnt
Die Wimper, die verlassene,
In Heines Werken
(Band Vier)

Erklärende Notiz

»...um Dich nicht am Telefon zu überfallen: ›Die Expedition‹ gibt es in verschiedenen Varianten (Expedition nach XY..., in die Wüste usw.) 181mal im Verzeichnis des Buchhandels. Wäre nicht schlimm, aber auch ›Die Expedition‹, ›Eine Expedition‹, einfach nur ›Expedition‹ gibt es darunter... Auf begeisterte Zustimmung stieß ein Vorschlag, den ich beim Durchgehen Deiner Gedichttitel in der Runde probierte: Der Pudding der Apokalypse...« (Aus einem Brief des Lektors T. A.)

●

Das hätte man sich natürlich denken können, daß der zunächst intendierte Titel »Die Expedition« – es hatte 'mal etwas ganz Einfaches bzw. Kafkaeskes sein sollen –, daß dieses Kantige wie Schlichte bereits vielfach vergeben ist. T. A. schlägt nun also »Der Pudding der Apokalypse« vor – ein Text aus dem Jahr 82 heißt so im Untertitel –, was mir halb gut gefallen will, was einigermaßen »endleresk« wirkt. Vor zehn Jahren hieß einer meiner Prosabände »Vorbildlich schleimlösend«; es kann einem als folgerichtig erscheinen, wenn jetzt die Gedichte als »Pudding der Apokalypse« serviert werden. (Hoffentlich taucht nicht demnächst ein endzeitliches Kochbuch auf – »Noch 'n paarmal lecker essen vor 'm Schluß!« –, das den von T. A. ausgekundschafteten Titel trägt.) Der Untertitel sollte jedoch präzisere Auskunft geben und nicht nur, wie vorgeschlagen, »Gedichte«, sondern »Gedichte von 1963 bis 1998« verheißen. Es ist aus verschiedenen Gründen wichtig, daß deutlich wird: Diese Gedichte sind seit 1963/64 entstanden, und zwar nach dem Bruch des Verfassers mit einem zu großen Teilen allzu epigonalen »Frühwerk«, das man vielleicht irgendwann/irgendwo einmal separat zusammenhäufeln mag. (Doch das gehört wirklich nicht zu meinen Haupt-Sorgen!) »Frühwerk«: das meint vor allem das 1960 erschienene Bändchen »Erwacht ohne Furcht« – kaum vertrieben, war die Furcht, die Angst wieder an meiner Seite – sowie den zu Beginn des Jahres 1964 publizierten und etwas subtantielleren Band »Die Kinder der Nibelungen«. Im Unterschied zu der in den achtziger Jahren im Leipziger Reclam-Verlag erschienenen und ein wenig korrupten Kraut-und-Rüben-Kollektion »Akte Endler« – nun gut, ich habe es ohne Widerstand hingehen lassen! – wird »Der Pudding der Apokalypse«, sowohl reduzierte als auch komplettierte Sammlung, keinen einzigen Text aus den beiden ersten Lyrik-Publikationen aufnehmen – der Gefahr des primitiven Vorwurfs zum Trotz, der Verfasser versuche sein Beginner-Œuvre womöglich aus politischer Scham zu verstecken. (Tatsächlich habe ich in den letzten Jahren immer wieder die Genehmigung zum Abdruck solcher frühen Produkte gegeben, und selbst dann, wenn sie mich als tüchtigen Wirr- und Wahnkopf denunzieren; auf altersbedingt geläuterte Weise bin ich ja immer noch ein Wahn- und Wirrkopf *gelegentlich*, will es mir scheinen.) Man kann mühelos erkennen, daß es im wesentlichen ästhetische Motive sind, die mich einen Teil meiner Lyrik separieren lassen, wenn ich sie – wie in dem vorliegenden Buch – endlich einmal »repräsentativ« vorstellen will, was mir aufgrund allerdings politischer Umstände bis heute verwehrt geblieben war. Das gilt auch für die wenigen Texte aus den siebziger Jahren, die ich kaltherzig eliminiere – man kann sie in dem Band »Akte Endler« nachlesen! –, z. B. das vor-literarische »In dieser Stadt / Aus dem Notizbuch«, einen »Angriff auf die Volkspolizei« bzw. den großmächtigen »Abschnittsbevollmächtigten«, ein kritisches Gedicht, das in der letzten Zeit mehrmals als besonderes beweiskräftiges Beispiel für meine literarische »Widerstands«-Leistung in der DDR hervorgehoben und zitiert worden ist, in künstlerischer Hinsicht leider aber noch dürftiger daherkommt als so manches meiner knäbischen Agitprop-Gedichte.

Ganz sicher käme bei einer gründlichen Durchforstung der ersten beiden Gedichtbände und ihres Umfeldes eine Kollektion recht achtbarer Stücklein zusammen – einige meiner Freunde von damals beklagen penetrantest den Verzicht auf dieses »so Wichtige«, auf jenes »so Gelungene« –; im großen und ganzen böte sie ein Zeugnis der Unreife eines teils großfressigen, teils versonnenen Jung-Lyrikers, der sich leiten oder irreleiten läßt von den unterschiedlichsten zeitgenössischen Vorbildern, wie einer sie kaum unter einen Hut bringen möchte, von Günter Eich ebenso wie von den heute vergessenen Arbeiterdichtern der proletarisch-revolutionären Fraktion, von Brecht, von Becher sogar, von Peter Huchel etc. – Man würde, vermutlich befremdet, auf ein hymnisches Gedicht stoßen, das auf naiv-unverschämte Weise die surrealisierende Bild-Arbeit des gerade sichtbar gewordenen Paul Celan zu imitieren versucht (»Liebesgedicht nach jedem Krieg«), nicht weit davon entfernt auf ein anderes (»Der griechische Dichter«), welches den oft riskant gereimten Strophen-Kaskaden vieler Gottfried-Benn-Gedichte reichlich grobsträhnig nachgebildet ist. Einige der interessanteren Stücke in dem Band »Die Kinder der Nibelungen« (geschätzt vor allem von meinem Freund Karl Mikkel) bemühen sich, die narrativ-balladeske Tonlage des nur wenig bekannten österreichischen Dichters Theodor Kramer und die der »Städteballaden« Stephan Hermlins zusammenzuführen, der Fühmannschen »Richtung der Märchen« verpflichtet – so ähnlich, wie Hermlin die expressive Bildwelt Georg Heyms und die des Résistance-Aragon miteinander zu verschmelzen versucht hat. – Ist es ein Zufall, daß sowohl Fühmann als auch Hermlin ihre lyrischen Bemühungen frühzeitig abgebrochen haben? Hätte ich es nicht auch tun sollen statt bis heute gleich einem aufgescheuchten Karnickel meine Haken zu schlagen auf dem Weg durch die literarische Landschaft? Jedenfalls habe ich in der Regel doch noch die »Kurve gekriegt«, was C. (vielleicht zu Recht) eher hämisch kommentiert... – Ja, zweifellos, hier und da hört man auch in den frühen Gedichten »Die eigene Stimme« des Autors lispeln, wenn auch meistens mit irritabel belegter Zunge; auch spätere Überarbeitung hat mich dieser Gedichte nicht so richtig froh werden lassen. Immerhin sei auf das Gedicht »Jessenin 1923« verwiesen, das den Autor bereits 1961 mehr als beunruhigt zeigt: »Als Bote komme ich! Hier, seht die Schuh aus Bast! / Die Damen klatschen dankbar? Hab ich mich verirrt? / Ich habe meine Adressaten wohl verpaßt, / Und meine klare Botschaft klingt verrückt und wirr –«

Ohne einen Moment des Zögerns bekenne ich mich jedoch zu den zunächst streng gereimten, dann immer prosanäheren poetischen Texten, selbst zu den »irgendwie« mißratenen, die seit einem ganz bestimmten Tag in der zweiten Hälfte des Jahres 63, zumal seit 1964 entstehen und die nicht nur für mich einen deutlichen Bruch mit dem Früheren bedeuten. Das ist mir im ersten Moment nicht ganz bewußt gewesen. Heute könnte ich sogar das allererste der Gedichte »nach dem Bruch« benennen – nachträglich mutet es geradezu als programmatisches an, wiewohl es mir zur Entstehungszeit ein feuilletonistisches Nebenher gewesen sein wird –, nämlich das achtzeilige »Einem ungebrochenen Rezensenten«. Das Gedicht gehört zu einer Serie von (veröffentlichten und unveröffentlichten) Epigrammen, mit welcher der gleichfalls als fleißiger Rezensent tätige Autor ein zu Beginn der sechziger Jahre sich wieder vordrängelndes prolet-kultisch-grobianisches Kritiker-Vokabular einigermaßen höhnisch glossiert hat. (Den schlimmen »gebrochenen Gefühlen« mancher Poeten, die natürlich auch politische Unentschlossenheit signalisieren, wurde damals hier und da z. B. die angeblich heile und eindeutige Gefühlswelt des »gesunden Proletariermädels« etc. gegenübergestellt, literarischer Subtilität gelegentlich das holzhackerhafte »Schreiben mit den Fäusten« – aggressive Artikulationen im Zusammenhang mit dem sogenannten »Bitterfelder Weg« ... Ein Vierzeiler der Serie bezieht sich direkt auf eine derartige Kritik an Stephan Hermlin, einem Lieblingsobjekt der damaligen »ungebrochenen Rezensenten«: »Subtil! – Hat mans als Tadel je vernommen? / K. wünscht, daß der Poet als Grobschmied glänz'. / Bei jeder Kommakorrektur denk ich beklommen: / Das ist der erste kleine Schritt zur Dekadenz.«) – Von diesem Moment an schneiden meine Gedichte immer wahnsinnigere Fratzen – und nicht nur den Kollegen Rezensenten, sondern schließlich der ganzen Gesellschaft, der ganzen DDR. Es dauert allerdings 13 Jahre, bis in einem Gutachten der Hauptabteilung XX der Stasi ein zentrales Gedicht wie »Das Sandkorn« unter die Lupe genommen – »Das Sandkorn« ist 1967 geschrieben worden, das »Gutachten« stammt aus dem Jahr 1980 – und folgendermaßen charakterisiert wird: »›Das Sandkorn‹ – Endlers umfassende feindliche Stellungnahme in Lyrikform. Hier tauchen faktisch alle gesellschaftlichen Organe, einschließlich der Schutz- und Sicherheitsorgane auf. Das Sandkorn ist Symbol für den Skrupel, Zweifel, Gewissensrest der Verantwortlichen und überhaupt für alle Mitglieder der sozialistischen Gesellschaft. Der Hauptvorwurf lautet: ›Die hätten auch dem Hitler wie Barzelstrauß gedient.‹ (Also wieder Vorwurf des latenten Faschismus in der DDR) ...« Wie gesagt: 1967 gedichtet, 1980 endlich entlarvt!, von wem nur? Aber besagen die dösköpfigen Kommentare des »Gutachters« nicht indirekt und selbstverständlich unfreiwillig, daß ich immer das Beste für die DDR gewollt habe? Es kommt mir beinahe so vor. Manchmal überlege ich, wie ich meine merkwürdigen Gedichte bei einem Verhör durch die Staatssicherheit erklärt hätte. Es wäre mir im Unterschied zu jenem anonymen Geheimrezensenten nicht zu leicht gefallen.

Jedenfalls scheine ich damals – zumindest als Lyriker – fast von einem Tag zum anderen so entschieden wie torkelnd von der gepriesenen »Hauptstraße« der DDR-Lyrik abgebogen zu sein (vermutlich von anderen Lyrik-»Hauptstraßen« auch), daß die Publikation der in den folgenden Jahren gearbeiteten Gedichte zunächst so gut wie unmöglich wurde. Erst 1974 erschien dank eines Moments der Liberalisierung – siehe: VIII. Parteitag! – in Halle/Saale der Band »Das Sandkorn«, ein Jahr darauf bei Wagenbach unter dem gewürzteren Titel »Nackt mit Brille«, mein einziger »richtiger« Gedichtband bis heute, für nicht wenige Autoren der DDR eine kleine Sensation offenbar, wie ich den zahlreichen frenetischen Bekundungen in Richard Zipsers 76/77 gesammelter, 1985 in den USA erschienener Dokumentation »DDR-Literatur im Tauwetter« ziemlich spät, nämlich im Jahr 1990 – sic! – so stolz wie müde entnehmen durfte. (Solche Verspätungen charakterisieren meine Existenz; was wäre gewesen, wenn mich der »Zuspruch« 15 Jahre früher erreicht hätte?) Für die Literaturwissenschaftler und Kritiker der DDR ist das Buch vollkommen tabu gewesen, ja scheint tabu bis heute zu sein. (Waren die Herrschaften damit beschäftigt, »Gutachten« um »Gutachten« für die Stasi zu schreiben?) Die einzige wesentliche Rezension aus der Feder eines DDR-Autors erschien »im Westen«, in der »Frankfurter Rundschau«; der Verfasser: Günter Kunert. Ich zitiere schämig das Lob des Maestros: »Endler hat sich und sein Schicksal (ganz unironisch gesagt) als Stoff benutzt, unter Verzicht auf jene politisierenden Scheinobjektivitäten und Äußerlichkeiten früherer Gedichte. In diesem Band ist er zu sich selber gekommen und zur Welt...« (Naja, ganz ohne Ironie läßt es sich wohl nicht zitieren.) – Angefangen aber hatte es in Wirklichkeit zehn oder elf Jahre vor dieser Geburtsanzeige mit dem Achtzeiler »Einem ungebrochenen Rezensenten«, um im Jahr 1971 zu den vier Zeilen »Dies Sirren« zu werden, ein zerbeultes und absurdes Gebilde – »gebrochen«, »ungebrochen«?, weiß der Teufel! –, das mir lange Zeit als mein »Eigentlichstes« erschienen ist. Unklar, wie dieses beckett-haft Imaginierte zu mir hergeweht ist, kann sein, in Schwaden Alkohols: »Und wieder dies Sirren am Abend...« (vgl. S. 12). – Solcherlei irritable und etwas schiefmäulig operierende »Zirpstimm« höre ich in den meisten meiner Gedichte seit 1964 mit-zirpen, mit-lispeln, mit-quäken, nicht nur in den ausdrücklich so genannten »Heften des Irren Fürsten«, einem Tiefpunkt meiner Existenz gedankt, Gedichte, in denen mit der Gefahr des Absturzes ins Irre-Sein wohl nicht nur kokettiert wird. (Oh, die wahnwitzige Vielzahl der Reime!) Besonders hervorzuheben in diesem Zusammenhang das fratzenhafte »Geborgenheit oder ein Opfer der Eifersucht« von 1967, das man auch als politisches Gedicht lesen kann, und die Ballade »Des Freundes Wettlauf mit dem Schneemann« von 1965, die Peter Rühmkorf gelegentlich schlau kommentiert hat. Zuweilen stelle ich, so scheint es mir heute bei der Durchsicht der Texte, die auseinanderbleckende, auseinanderflatternde höhnische Fratze ein wenig künstlich-krampfhaft wieder her, als wäre sie es wert; zuweilen erliege ich Rückfällen in frühere Phasen meiner Entwicklung – so, als gelte es, sich des Bodens zu versichern, von dem man vorzeiten abgesprungen ist.

Die vier Abteilungen des Bandes (jede hat ihre markanten Eigenheiten) dokumentieren unter anderem, daß es nach dem gravierenden »Bruch« zu Beginn der sechziger Jahre auch in den folgenden Dezennien an weiteren »Brüchen« oder Modifikationen nicht gerade gemangelt hat. In den sechziger und siebziger Jahren findet sich der Autor nicht zuletzt auf dem Weg zur satirischen Zitaten-Collage (wie erst viele Jahre später in seinen Prosa-Versuchen), wofür Stücke wie »Der älteste Mensch der Welt« und »Brahms« als Beispiele stehen mögen, die närrische Welt sozusagen dokumentarisch bestätigend, die zunehmend von meinen Gedichten mitgeteilt wird. Noch später bestimmen Momente der automatischen Schreibweise und des Surrealismus »gebrochen« das lockere Parlando vieler Texte. (»Ichkannixdafür« könnte man als feixendes Programmgedicht lesen.) In der Tat, seit dem Ende der siebziger Jahre habe ich für einige »Saisons in der Hölle« André Bretons wunderbare »Anthologie des Schwarzen Humors« als eine Art Bibel mit mir umhergetragen; in der Mitte der Sechziger sind es, merkwürdig genug, die Lieder der Vaganten in der reichlich nüchternen Übertragung Karl Langoschs gewesen, die Lieder des Archipoeta und des Hugo von Orléans, deren Wirkung auf den Autor an so monströsen Gebilden wie »Das Sandkorn« u. ä. demonstriert werden könnte! Zwei Sternbilder, die mich zu verschiedenen Zeiten geblendet haben – weshalb gerade diese beiden? Und wie gelingt es ihnen, miteinander zu korrespondieren? Nicht zu vergessen: Ursprünglich war es dem jugendlichen Helden Endler darum gegangen, ein sozialistischer, ein kommunistischer Sänger im Gefolge auch Majakowskis zu werden, ein Unterfangen, das dann von Jahr zu Jahr brüchiger wird; endlich kippt das alles kreischend ins Wüste und Kaputte um und sticht zerbeult sternenwärts... Ach, wie das alles fassen und charakterisieren? In einem Brief an zwei schätzenswerte Anthologisten (Michael Braun, Hans Thill) habe ich aus aktuellem Anlaß meine Gedichte und mich selber folgendermaßen zu erklären versucht: »Daß sie kaum etwas mit den derzeit zu beobachtenden Trends zu tun haben – gibt es eigentlich z. Z. dominierende Trends? –, das haben Sie ja wohl als Kenner meiner Gedichte nicht anders erwartet. Aber das war ja immer so: Ich laufe als Außenseiter – und dann noch die verkehrte Strecke... Ich nehme an, daß in diesem oder im nächsten Jahr ein Band ›Gesammelte Gedichte 1963 bis 1998‹ erscheinen wird, der mich als eine der verwachsensten Gurken der neuen Poesie zeigen wird. Ich sehe schon, wie Alexander von Bormann die Hände überm Kopf zusammenschlägt...« Vielleicht hätte dieses Brief-Fragment als »Erklärende Notiz« ausgereicht, lieber T. A.?

Adolf Endler

Inhalt

I DIES SIRREN

II AKTE ENDLER

III IMMER WIEDER WAS NEUES

IV TROTZES HALBER

Folgende Gedichte sind in dem Band Adolf Endler: »Ohne Nennung von Gründen« erstveröffentlicht worden; die Copyrights liegen beim Rotbuch Verlag, Berlin 1985.

Hundstage
Advent am Teutoburger Wald
Es geschah in Berlin
Für acht Groschen Hefe
Ich kannixdafür
Dir Übungsperücke Ichthiander
Das Erlebnis Hermannsdenkmal
Frau Holle
Lied des Regiments Latrinell
Gedenken und Mahnung
Lenes Angebot
Bohrende Selbstbefragung
Der Bückeburger Sonetten-Wettstreit oder Der Pudding der Apokalypse
Etymologisches / Ein Nachtrag
Dorotheenstädtischer Friedhof I / II
Zwei Zerwürdigungen
Erwiderung
Verse echter Dankbarkeit
Kiez des Wunderbaren
Romananfang
Chanson zwo
Neue Nachrichten vom Prenzlauer Berg / (Dank Breton)